U0148261

总有路在等你

史铁生 等/著

湖南文艺出版社
HUNAN LITERATURE AND ART PUBLISHING HOUSE
博集天卷
CS-BOOKY

重要的不是终点，

而是带着人生的　遗憾

走下　去。

儿子的 不幸

在母亲那儿总是要 加倍的。

船不是目的，
河也不是，
目的是
诚心诚意
尽心尽力
地漂泊。

人有三种根本的 困境。

第一，人生来注定只能是自己，人生来注定活在无数他人中间并且无法与他人彻底沟通。这意味着孤独。

第二，人生来就有欲望，人实现欲望的能力永远赶不上他产生欲望的能力，这是一个永恒的距离。这意味着痛苦。

第三，人生来不想死，可是人生来就是在走向死。这意味着恐惧。

就命运而言，
休论公道。

目

录

走进世间，
各自体验自己的一段生命，
这就是全部的意义。

事情的真正价值，
在于它们教会我们的东西，
而不仅仅是它们的结果。

下篇 × 路上事

但是太阳，
它每时每刻都是夕阳也都是旭日。

当它熄灭着走下山去收尽苍凉残照之际，
正是它在另一面燃烧着爬上山巅布散烈烈朝晖之时。

那一天，
我也将沉静着走下山去，
扶着我的拐杖。

有一天，
在某一处山洼里，
势必会跑上来一个欢蹦的孩子，
抱着他的玩具。

当然，
那不是我。

但是，
那不是我吗？

上篇

行路人

走进世间，
各自体验自己的一段生命，
这就是全部的意义。

一个人在途上

郁达夫

我女人说，濒死的前五天，在病院里，他叫了几夜的"爸爸"！她问他："叫爸爸干什么？"他又不响了，停一会儿，就又再叫起来。

在东车站的长廊下和女人分开以后，自家又剩了孤零丁的一个。频年漂泊惯的两口儿，这一回的离散，倒也算不得什么特别。可是端午节那天，龙儿刚死，到这时候北京城里虽已起了秋风，但是计算起来，去儿子的死期，究竟还只有一百来天。在车座上，稍稍把意识恢复转来的时候，自家就想起了卢梭晚年的作品《孤独散步者的梦想》[1]的头上的几句话：

> 自家除了己身以外，已经没有弟兄，没有邻人，没有朋友，没有社会了。自家在这世上，像这样的，已经成了一个孤独者了。

然而当年的卢梭还有弃养在孤儿院内的五个儿子，而我自己哩，连一个抚育到五岁的儿子都还抓不住！

离家的远别，本来也只为想养活妻儿。去年在某大学的被逐，是万料不到的事情。其后兵乱迭起，交通阻绝，当寒冬的十

---

[1]现多译为《一个孤独散步者的遐想》。——编者（如无特殊说明，脚注均为编者注）

月，会病倒在沪上，也是谁也料想不到的。今年二月，好容易到得南方，静息了一年之半，谁知这刚养得出趣的龙儿，又会遭此凶疾呢？

龙儿的病报，本是在广州得着，匆促北航，到了上海，接连接了几个北京来的电报。换船到天津，已经是旧历的五月初十。到家之夜，一见了门上的白纸条儿，心里已经是跳得忙乱，从苍茫的暮色里赶到哥哥家中，见了衰病的她，因为在大众之前，勉强将感情压住。草草吃了夜饭，上床就寝，把电灯一灭，两人只有紧抱的痛哭，痛哭，痛哭，只是痛哭，气也换不过来，更哪里有说一句话的余裕？

受苦的时间，的确脱煞过去得太悠徐，今年的夏季，只是悲叹的连续。晚上上床，两口儿，哪儿敢提一句话？可怜这两个迷散的心灵，在电灯灭黑的黝暗里，所摸走的荒路，每会凑集在一条线上，这路的交叉点里，只有一块小小的墓碑，墓碑上只有"龙儿之墓"四个红字。

妻儿因为在浙江老家内不能和母亲同住，不得已而搬往北京当时我在寄食的哥哥家去，是去年的四月中旬。那时候龙儿正长得肥满可爱，一举一动，处处叫人欢喜。到了五月初，从某地回京，觉得哥哥家太狭小，就在什刹海的北岸，租定了一间渺小的住宅。夫妻两个，日日和龙儿伴乐，闲时也常在北海的荷花深处，及门前的杨柳阴中带龙儿去走走。这一年的暑假，总算过得最快乐，最闲适。

秋风吹叶落的时候，别了龙儿和女人，再上某地大学去为朋友帮忙，当时他们俩还往西车站送我来哩！这是去年秋晚的事情，想起来还同昨日的情形一样。

过了一月，某地的学校里发生事情，又回京了一次，在什刹海小住了两星期，本来打算不再出京了，然碍于朋友的面子，又不得不于一天寒风刺骨的黄昏，上西车站去乘车。这时候因为怕龙儿要哭，自己和女人，吃过晚饭，便只说要往哥哥家里去，只许他送我们到门口，记得那一天晚上他一个人和老妈子立在门口，等我们俩去了好远，还"爸爸！爸爸！"地叫了好几声。啊啊，这几声的呼唤，便是我在这世上听到的他叫我的最后的声音！

出京之后，到某地住了一宵，就匆促逃往上海。接续便染了病，遇了强盗辈的争夺政权，其后赴南方暂住，一直到今年的五月，才返北京。

想起来，龙儿实在是一个填债的儿子，是当乱离困厄的这几年中间，特来安慰我和他娘的愁闷的使者！

自从他在安庆生落地以来，我自己没有一天脱离过苦闷，没有一处安住到五个月以上。我的女人，也和我分担着十字架的重负，只是东西南北地奔波漂泊。然当日夜难安，悲苦得不了的时候，只要他的笑脸一开，女人和我，就可以把一切穷愁丢在脑后。而今年五月初十待我赶到北京的时候，他的尸体，早已在妙光阁的广谊园地下躺着了。

他的病，说是脑膜炎。自从得病之日起，一直到旧历端午节的午时绝命的时候止，中间经过有一个多月的光景。平时被我们宠坏了的他，听说此番病里，却乖顺得非常。叫他吃药，他就大口地吃，叫他用冰枕，他就很柔顺地躺上。病后还能说话的时候，只问他的娘："爸爸几时回来？""爸爸在上海为我定做的小皮鞋，已经做好了没有？"我的女人，于惑乱之余，每幽幽地问他："龙！你晓得你这一场病，会不会死的？"他老是很不愿意地回答说："哪儿会死的哩？"据女人含泪地告诉我说，他的谈吐，绝不似一个五岁的小儿。

病之前一个月的时候，有一天午后他在门口玩耍，看见西面来了一乘马车，马车里坐着一个戴灰白色帽子的青年。他远远看见，就急忙丢下了伴侣，跑进屋里去叫他娘出来，说："爸爸回来了，爸爸回来了！"因为我去年离京时所戴的，是一样的一顶白灰呢帽。他娘跟他出来到门前，马车已经过去了，他就死劲地拉住了他娘，哭喊着说："爸爸怎么不家来呀？爸爸怎么不家来呀？"他娘说慰了半天，他还尽是哭着，这也是他娘含泪和我说的，现在回想起来，自己实在不该抛弃了他们，一个人在外面流荡，致使他那小小的心灵，常有望远思亲之痛。

去年六月，搬往什刹海之后，有一次我们在堤上散步，因为他看见了人家的汽车，硬是哭着要坐，被我痛打了一顿。又有一次，也是因为要穿洋服，受了我的毒打。这实在只能怪我做父亲的没有能力，不能做洋服给他穿，雇汽车给他坐。早知他要这样地早死，我就是典当抢劫，也应该去弄一点钱来，满足他的无邪的欲望，到现在追想起来，实在觉得对他不起，实在是我太无容人之量了。

我女人说，濒死的前五天，在病院里，他叫了几夜的"爸爸"！她问他："叫爸爸干什么？"他又不响了，停一会儿，就又再叫起来。到了旧历五月初三，他已入了昏迷状态，医师替他抽骨髓，他只会直叫一声："干吗？"喉头的气管，喀喀在抽咽，眼睛只往上吊送，口头流些白沫，然而一口气总不肯断。他娘哭叫几声"龙！龙！"，他的眼角上，就会迸流下眼泪出来，后来他娘看他苦得难过，倒对他说：

"龙！你若是没有命的，就好好地去吧！你是不是想等爸爸回来？就是你爸爸回来，也不过是这样地替你医治罢了。龙！你有什么不了的心愿呢？龙！与其这样地抽咽受苦，你还不如快快地去吧！"

他听了这一段话，眼角上的眼泪，更是涌流得厉害。到了旧历端午节的午时，他竟等不着我回来，终于断气了。

丧葬之后，女人搬往哥哥家里，暂住了几天。我于五月十日晚上，下车赶到什刹海的寓宅，打门打了半天，没有应声。后来抬头一看，才见了一张告示邮差送信的白纸条。

自从龙儿生病以后连日连夜看护久已倦了的她，又哪里经得起最后的这一个打击？自己当到京之夜，见了她的衰容，见了她的泪眼，又哪里能够不痛哭呢！

在哥哥家里小住了两三天，我因为想追求龙儿生前的遗迹，一定要女人和我仍复搬回什刹海的住宅去住它一两个月。

搬回去那天，一进上屋的门，就见了一张被他玩破的今年正月里的花灯。听说这张花灯，是南城大姨妈送他的，因为他自家烧破了一个窟窿，他还哭过好几次来的。

其次，便是上房里砖上的几堆烧纸钱的痕迹！系他下殓时烧的。

院子里有一架葡萄，两棵枣树，去年采取葡萄、枣子的时候，他站在树下，兜起了大褂，仰头在看树上的我。我摘取一颗，丢入了他的大褂兜里，他的哄笑声，要继续到三五分钟。今年这两棵枣树，结满了青青的枣子，风起的半夜里，老有熟极的枣子辞枝自落。女人和我，睡在床上，有时候且哭且谈，总要到更深人静，方能入睡。在这样的幽幽的谈话中间，最怕听的，就是这滴答的坠枣之声。

到京的第二日，和女人去看他的坟墓。先在一家南纸铺里买了许多冥府的钞票，预备去烧送给他。直到到了妙光阁的广谊园茔地门前，她方从呜咽里清醒过来，说："这是钞票，他一个小孩如何用得呢？"就又回车转来，到琉璃厂去买了些有孔的纸钱。她在坟前哭了一阵，把纸钱钞票烧化的时候，却叫着说：

"龙！这一堆是钞票，你收在那里，待长大了的时候再用，要买什么，你先拿这一堆钱去用吧！"

这一天在他的坟上坐着，我们直到午后七点，太阳平西的时候，才回家来。临走的时候，他娘还哭叫着说：

"龙！龙！你一个人在这里不怕冷静的吗？龙！龙！人家若来欺你，你晚上来告诉娘吧！你怎么不想回来了呢？你怎么梦也不来托一个呢？"

箱子里，还有许多散放着的他的小衣服。今年北京的天气，到七月中旬，已经是很冷了。当微凉的早晚，我们俩都想换上几件夹衣，然而因为怕见到他旧时的夹衣袍袜，我们俩却尽是一天一天地挨着，谁也不说出口来，说"要换上件夹衫"。

有一次和女人在那里睡午觉，她骤然从床上坐了起来，鞋也不拖，光着袜子，跑上了上房起居室里，并且更掀帘跑到外面院子里去。我也莫名其妙跟着她跑到外面的时候，只见她在那里四面找寻什么。找寻不着，呆立了一会儿，她忽然放声哭了起来，并且抱住了我急急地追问说："你听不听见？你听不听见？"哭完之后，她才告诉我说，在半醒半睡的中间，她听见"娘！娘！"地叫了两声，的确是龙的声音，她很坚定地说："的确是龙回来了。"

北京的朋友亲戚，为安慰我们起见，今年夏天常请我们俩去吃饭听戏，她老不愿意和我同去，因为去年的六月，我们无论上哪里去玩，龙儿是常和我们在一处的。

今年的一个暑假，就是这样的，在悲叹和幻梦的中间消逝了。

这一回南方来催我就道的信，过于仓促，出发之前，我觉得还有一件大事情没有做了。

中秋节前新搬了家，为修理房屋，部署杂事，就忙了一个星期。出发之前，又因了种种琐事，不能抽出空来，再上龙儿的坟地里去探望一回。女人上东车站来送我上车的时候，我心里尽是酸一阵痛一阵地在回念这一件恨事。有好几次想和她说出来，叫她于两三日后再往妙光阁去探望一趟，但见了她的憔悴尽的颜色和苦忍住的凄楚，又终于一句话也没有讲成。

现在去北京远了，去龙儿更远了，自家只一个人，只是孤零丁的一个人。在这里继续此生中大约是完不了的漂泊。

八子

史铁生

那个可怕的孩子已经长大，长大得到处都在。

选自长篇散文《记忆与印象》。

童年的伙伴，最让我不能忘怀的是八子。

几十年来，不止一次，我在梦中又穿过那条细长的小巷去找八子。巷子窄到两个人不能并行，两侧高墙绵延，巷中只一户人家。过了那户人家，出了小巷东口，眼前豁然开朗，一片宽阔的空地上有一棵枯死了半边的老槐树，有一处公用的自来水，有一座山似的煤堆。八子家就在那儿。梦中我看见八子还在那片空地上疯跑，领一群孩子呐喊着向那山似的煤堆上冲锋，再从煤堆爬上院墙，爬上房顶，偷摘邻居院子里的桑葚。八子穿的还是他姐姐穿剩下的那条碎花裤子。

八子兄弟姐妹一共十个。一般情况，新衣裳总是一、三、五、七、九先穿，穿小了，由排双数的继承。老七是个姐，故继承一事常让八子烦恼。好在那时无论男女，衣装多是灰、蓝二色，八子所以还能坦然。只那一条碎花裤子让他倍感羞辱。那裤子紫地白花，七子一向珍爱还有点舍不得给，八子心说谢天谢地最好还是你自个儿留着穿。可是母亲不依，冲七子喊："你穿着小了，不八子穿谁穿？"七、八于是齐声叹气。八子把那裤子穿到学校，同学们都笑他，笑那是女人穿的，是娘们儿穿的，是"臭美妞才穿的呢"！八子羞愧得无地自容，以致蹲在地上用肥大的衣襟盖住双腿，半天不敢起来，光是笑。八子的笑毫无杂质，完全是承认的表情，完全是接受的态度，意思是：没错，换了别人我也会笑他的，可惜这回是我。

大伙儿笑一回也就完了，唯一个可怕的孩子不依不饶。（这孩子，姑且叫他K吧；我在《务虚笔记》里写过，他矮小枯瘦但所有的孩子都怕他。他有一种天赋本领，能够准确区分孩子们的性格强弱，并据此经常地给他们排一排座次——"我第一跟谁好，第二跟谁好……以及我不跟谁好"——于是，孩子们便都屈服在他的威势之下。）K平时最怵八子，八子身后有四个如狼似虎的哥；K因此常把八子排在"我第一跟你好"的位置。然而八子特立独行，对K的威势从不在意，对K的拉拢也不领情。如今想来，K一定是对八子记恨在心，但苦于无计可施。这下机会来了——因为那条花裤子，K敏觉到降服八子的时机到了。K最具这方面才能，看见谁的弱点立刻即知怎样利用。拉拢不成就要打击，K生来就懂。比如上体育课时，老师说："男生站左排，女生站右排。"K就喊："八子也站右排吧？"引得哄堂大笑，所有的目光一齐射向八子。再比如一群孩子正跟八子玩得火热，K踅步旁观，冷不丁拣其中最懦弱的一个说："你干吗不也穿条花裤子呀？"最懦弱的一个发一下蒙，便困窘地退到一旁。K再转向次懦弱的一个："嘿，你早就想跟臭美妞一块玩了是不是？"次懦弱的一个便也犹犹豫豫地离开了八子。我说过我生性懦弱,我不是那个最,就是那个次。我惶惶然离开八子,向 K 靠拢,心中竟跳出一个卑鄙的希望:也许,K 因此可以把"跟我好"的位置往前排一排。

K 就是这样孤立对手的,拉拢或打击,天生的本事,八子身后再有多少哥也是白搭。你甚至说不清道不白就已败在 K 的手下。八子所以不曾请他的哥哥们来帮忙,我想,未必是他没有过这念头,而是因为 K 的手段高超,甚至让你都不知何以申诉。你不得不佩服 K。你不得不承认那也是一种天才。那个矮小枯瘦的 K,当时只有十一二岁!他如今在哪儿?这个我童年的惧怕,这个我一生的迷惑,如今在哪儿?时至今日我也还是弄不大懂,他那恶毒的能力是从哪儿来的?如今我已年过半百,所经之处仍然常能见到 K 的影子,所以我在《务虚笔记》中说过:那个可怕的孩子已经长大,长大得到处都在。

我投靠在 K 一边,心却追随着八子。所有的孩子也都一样,向 K 靠拢,但目光却羡慕地投向八子——八子仍在树上快乐地攀爬,在房顶上自由地蹦跳,在那片开阔的空地上风似的飞跑,独自玩得投入。我记得,这时 K 的脸上全是嫉恨,转而恼怒。终于他又喊了:"花裤子!臭美妞!"怯懦的孩子们(我也是一个)于是跟着喊:"花裤子!臭美妞!花裤子!臭美妞!"八子站在高高的煤堆上,脸上的羞惭已不那么纯粹,似乎也有了畏怯、疑虑,或是忧哀。

因为那条花裤子，我记得，八子也几乎被那个可怕的孩子打倒。

八子要求母亲把那条裤子染蓝。母亲说："染什么染？再穿一季，我就拿它做鞋底了。"八子说："这裤子还是让我姐穿吧。"母亲说："那你呢，光眼子？"八子说："我穿我六哥那条黑的。"母亲说："那你六哥呢？"八子说："您给他做条新的。"母亲说："嘿这孩子，什么时候挑起穿戴来了？边儿去！"

一个礼拜日，我避开 K，避开所有别的孩子，去找八子。我觉着有愧于八子。穿过那条细长的小巷，绕过那座山似的煤堆，站在那片空地上我喊："八子！八子——""谁呀？"不知八子在哪儿答应。"是我！八子，你在哪儿呢？""抬头，这儿！"八子悠然地坐在房顶上，随即扔下来一把桑葚："吃吧，不算甜，好的这会儿都没了。"我暗自庆幸，看来他早把那些不愉快的事给忘了。

我说："你下来。"

八子说："干吗？"

是呀，干吗呢？灵机一动我说："看电影，去不去？"

八子回答得干脆："看个屁，没钱！"

我心里忽然一片光明。我想起我兜里正好有一毛钱。

"我有，够咱俩的。"

八子立刻猫似的从树上下来。我把一毛钱展开给他看。

"就一毛呀？"八子有些失望。

我说："今天礼拜日，说不定有儿童专场，五分一张。"

八子高兴起来："那得找张报纸瞅瞅。"

我说："那你想看什么？"

"我？随便。"但他忽然又有点犹豫，"这行吗？"意思是：花你的钱？

我说："这钱是我自己攒的，没人知道。"

走进他家院门时，八子又拽住我："可别跟我妈说，听见没有？"

"那你妈要是问呢？"

八子想了想："你就说是学校有事。"

"什么事？"

"你丫编一个不得了？你是中队长，我妈信你。"

好在他妈什么也没问。他妈和他哥、他姐都在案前埋头印花（即在空白的床单、桌布或枕套上印出各种花卉的轮廓，以便随后由别人补上花朵和枝叶）。我记得，除了八子和他的两个弟弟——九儿和石头，当然还有他父亲，他们全家都干这活儿，没早没晚地干，油彩染绿了每个人的手指，染绿了条案，甚至墙和地。

报纸也找到了，场次也选定了，可意外的事发生了。九儿首先看穿了我们的秘密。八子冲他挥挥拳头："滚！"可随后石头也明白了："什么，你们看电影去？我也去！"八子再向石头挥拳头，但已无力。石头说："我告妈去！"八子说："你告什么？""你花人家的钱！"八子垂头丧气。石头不好惹，石头是爹妈的心尖子，石头一哭，从一到九全有罪。

"可总共就一毛钱！"八子冲石头嚷。

"那不管，反正你去我也去。"石头抱住八子的腰。

"行，那就都甭去！"八子拉着我走开。

但是九儿和石头寸步不离。

八子说："我们上学校！"

九儿和石头说："我们也上学校。"

八子笑石头："你？是我们学校的吗你？"

石头说："是！妈说明年我也上你们学校。"

八子拉着我坐在路边。九儿拉着石头跟我们面对面坐下。

八子几乎是央求了："我们上学校真是有事！"

九儿说："谁知道你们有什么事？"

石头说："没事怎么了，就不能上学校？"

八子焦急地看着太阳。九儿和石头耐心地盯着八子。

看看时候不早了，八子说："行，一块儿去！"

我说："可我真的就一毛钱呀！"

"到那儿再说。"八子冲我使眼色，意思是：瞅机会把他们甩了还不容易？

横一条胡同，竖一条胡同，八子领着我们曲里拐弯地走。九儿说："别蒙我们八子，咱这是上哪儿呀？"八子说："去不去？不去你回家。"石头问我："你到底有几毛钱？"八子说："少废话，要不你甭去。"曲里拐弯，曲里拐弯，我看出我们绕了个圈子差不多又回来了。九儿站住了："我看不对，咱八成真是走错了。"八子不吭声，拉着石头一个劲儿往前走。石头说："咱抄近道走，是不是八子？"九儿说："近个屁，没准儿更远了。"八子忽然和蔼起来："九儿，知道这是哪儿吗？"九儿说："这不还是北新桥吗？"八子说："石头，从这儿，你知道怎么回家吗？"石头说："再往那边不就是你们学校了吗？我都去过好几回了。""行！"八子夸石头，并且胡噜胡噜他的头发。九儿说："八子，你想干吗？"八子吓了一跳，赶紧说："不干吗，考考你们。"这下八子放心了，若无其事地再往前走。

变化只在一瞬间。在一个拐弯处，说时迟那时快，八子一把拽起我钻进了路边的一家院门。我们藏在门背后，紧贴墙，大气不出，听着九儿和石头的脚步声经过门前，听着他们在那儿徘徊了一会儿，然后向前追去。八子探出头瞧瞧，说一声"快"，我们跳出那院门，转身向电影院飞跑。

但还是晚了，那个儿童专场已经开演半天了。下一场呢？下一场是成人场，最便宜的也得两毛一位了。我和八子站在售票口前发呆，真想把时钟倒拨，真想把价目牌上的两角改成五分，真想忽然从兜里又摸出几毛钱。

"要不，就看这场？"

"那多亏呀，都演过一半了。"

"那……买明天的？"

我和八子再到价目牌前仰望：明天，上午没有儿童场，下午呢？还是没有。"干脆就看这场吧？""行，半场就半场。"但是卖票的老头说："钱烧的呀你们俩？这场说话就散啦！"

八子沮丧地倒在电影院前的台阶上，不知从哪儿捡了张报纸，盖住脸。

我说："嘿八子，你怎么了？"

八子说："没劲！"

我说："这一毛钱我肯定不花，留着咱俩看电影。"

八子说："九儿和石头这会儿肯定告我妈了。"

"告什么？"

"花别人的钱看电影呗。"

"咱不是没看吗？"

八子不说话，唯呼吸使脸上的报纸起伏掀动。

我说："过几天，没准儿我还能再攒一毛呢，让九儿和石头也看。"

有那么一会儿，八子脸上的报纸也不动了，一丝都不动。

我推推他："嘿，八子？"

八子掀开报纸说："就这么不出气，你能憋多会儿？"

我便也就地躺下。八子说"开始"，我们就一齐憋气。憋了一回，八子比我憋得长。又憋了一回，还是八子憋得长。憋了好几回，就一回我比八子憋得长。八子高兴了，坐起来。

我说："八成是你那张报纸管用。"

"报纸？那行，我也不用。"八子把报纸甩掉。

我说："甭了，我都快憋死了。"

八子看看太阳，站起来："走，回家。"

我坐着没动。

八子说："走哇？"

我还是没动。

八子说："怎么了你？"

我说："八子你真的怕 K 吗？"

八子说："操，我还想问你呢。"

我说："你怕他吗？"

八子说："你呢？"

我不知怎样回答，或者是不敢。

八子说："我瞧那小子，顶他妈不是东西！"

"没错，丫老说你的裤子。"

"真要是打架，我怕他？"

"那你怕他什么？"

"不知道。你呢？"

"我也不知道。"

现在想来，那天我和八子真有点当年张学良和杨虎城的意思。

终于八子挑明了。八子说："都赖你们，一个个全怕他。"

我赶紧说："其实，我一点都不想跟他好。"

八子说："操，那小子有什么可怕的？"

"可是，那么多人，都想跟他好。"

"你管他们干吗？"

"反正……反正他要是再说你的裤子，我肯定不说。"

"他不就是不跟咱玩吗？咱自己玩，你敢吗？"

"咱俩？行！"

"到时候你又不敢。"

"敢，这回我敢了。可那得咱俩谁也不能不跟谁好。"

"那当然。"

"拉钩，你干不干？"

"拉钩上吊，一百年不许变！拉钩上吊，一百年不许变——"

"他要不跟你好，我跟你好。"

"我也是，我老跟你好。"

"拉钩上吊，一百年不许变！拉钩上吊，一百年不许变——"

轰的一声，电影院的门开了，人流如涌，鱼贯而出，大人喊孩子叫。

我和八子拉起手，随着熙攘的人流回家。现在想起来，我那天的行为是否有点狡猾？甚至丑恶？那算不算是拉拢，像K一样？不过，那肯定算得上一次阴谋造反！但是那一天，那一天和这件事，忽然让我不再觉得孤单，想起明天也不再觉得惶恐、忧哀，想起小学校的那座庙院也不再觉得那么阴郁和荒凉。

我和八子手拉着手，过大街，走小巷，又到了北新桥。忽然，一阵炸灌肠的香味飘来。我说："嘿，真香！"八子也说：

"嗯，香！"四顾之时，见一家小吃摊就在近前。我们不由得走过去，站在摊前看。大铁铛上"嗞啦嗞啦"地冒着油烟，一盘盘粉红色的灌肠盛上来，再浇上蒜汁，晶莹剔透煞是诱人。摊主不失时机地吆喝："热灌肠啊！不贵啦！一毛钱一盘的热灌肠呀！"我想那时我一定是两眼发直，唾液盈口，不由得便去兜里摸那一毛钱了。

"八子，要不咱先吃了灌肠再说吧？"

八子不示赞成，也不反对，意思是：钱是你的。

一盘灌肠我们俩人吃，面对面，鼻子几乎碰着鼻子。八子脸上又是愧然地笑了，笑得毫无杂质，意思是：等我有了钱吧，现在可让我说什么呢？

那灌肠真是香啊，人一生很少有机会吃到那么香的东西。

珊珊

史铁生

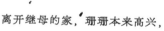

离开继母的家，珊珊本来高兴，
谁料又来到一个继母的家。

选自长篇散文《记忆与印象》。

那些天珊珊一直在跳舞。那是暑假的末尾，她说一开学就要表演这个节目。

晌午，院子里很静。各家各户上班的人都走了，不上班的人在屋里伴着自己的鼾声。珊珊换上那件白色的连衣裙，"吱呀"一声推开她家屋门，走到老海棠树下，摆一个姿势，然后轻轻起舞。

"吱呀"一声我也从屋里溜出来。

"干什么你？"珊珊停下舞步。

"不干什么。"

我煞有介事地在院子里看一圈，然后在南房的阴凉里坐下。

海棠树下，西番莲开得正旺，草茉莉和夜来香无奈地等候着傍晚。蝉声很远，近处是"嗡嗡"的蜂鸣，是盛夏的热浪，是珊珊的喘息。她一会儿跳进阳光，白色的连衣裙灿烂耀眼，一会儿跳进树影，纷乱的图案在她身上飘移、游动；舞步轻盈，丝毫也不惊动海棠树上入睡的蜻蜓。我知道她高兴我看她跳，跳到满意时她瞥我一眼，说："去——"既高兴我看她，又说"去"，女孩子真是搞不清楚。

我仰头去看树上的蜻蜓，一只又一只，翅膀微垂，睡态安详。其中一只通体乌黑，是难得的"老膏药"。我正想着怎么去捉它，珊珊喘吁吁地冲我喊："嘿快，快看哪你，就要到了。"

她开始旋转，旋转进明亮，又旋转得满身树影纷乱，闭上眼睛仿佛享受，或者期待，她知道接下来的动作会赢得喝彩。她转得越来越快，连衣裙像降落伞一样张开，飞旋飘舞，紧跟着一蹲，裙裾铺开在海棠树下，圆圆的一大片雪白，一大片闪烁的图案。

"嘿，芭蕾舞！"我说。

"笨死你，"她说，"这是芭蕾舞呀？"

无论如何我相信这就是芭蕾舞，而且我听得出珊珊其实喜欢我这样说。在一个九岁的男孩看来，芭蕾并非一个舞种，芭蕾就是这样一种动作——旋转，旋转，不停地旋转，让裙子飞起来。那年我可能九岁。如果我九岁，珊珊就是十岁。

又是"吱呀"一声，小恒家的屋门开了一条缝，小恒蹑手蹑脚地钻出来。

"有蜻蜓吗？"

"多着呢！"

小恒屁也不懂，光知道蜻蜓，他甚至都没注意珊珊在干吗。

"都什么呀？"小恒一味地往树上看。

"至少有一只'老膏药'！"

"是吗？"

小恒又钻回屋里，出来时得意地举着一小团面筋。于是我们就去捉蜻蜓了。一根竹竿，顶端放上那团面筋，竹竿慢慢升上去，对准"老膏药"，接近它时要快要准，要一下子把它粘住。然而可惜，"老膏药"聪明透顶，珊珊跳得如火如荼它且不醒，我的手稍稍一抖它就知道，立刻飞得无影无踪。珊珊幸灾乐祸。珊珊让我们滚开。

"要不看你就滚一边儿去，到时候我还得上台哪，是正式演出。"

她说的是"你"，不是"你们"，这话听来怎么让我飘飘然有些欣慰呢？不过我们不走，这地方又不单是你家的！那天也怪，老海棠树上的蜻蜓特别多。珊珊只好自己走开。珊珊到大门洞里去跳，把院门关上。我偶尔朝那儿望一眼，门洞里幽幽暗暗，看不清珊珊高兴还是生气，唯一缕无声的雪白飘上飘下，忽东忽西。

那个中午出奇地安静。我和小恒全神贯注于树上的蜻蜓。

忽然，一声尖叫，随即我闻到了一股什么东西烧焦了的味。只见珊珊飞似的往家里跑，然后是她的哭声。我跟进去。床上一块黑色的烙铁印，冒着烟。院子里的人都醒了，都跑来看。掀开床单，褥子也煳了，揭开褥子，毡子也黑了。有人赶紧舀一碗水泼在床上。

"熨什么呢你呀？"

"裙子，我的连……连衣裙都皱了。"珊珊抽咽着说。

"咳，熨完就忘了把烙铁拿开了，是不是？"

珊珊点头，眼巴巴地望着众人，期待或可有什么解救的办法。

"没事你可熨它干吗？你还不会呀！"

"一开学我……我就得演出了。"

"不行了，褥子也许还能凑合用，这床单算是完了。"

珊珊立刻号啕。

"别哭了，哭也没用了。"

"不怕，回来跟你阿姨说清楚，先给她认个错。"

"不哭了珊珊，不哭了，等你阿姨回来，我们大伙儿帮你说说（情）。"

可是谁都明白，珊珊是躲不过一顿好打了。

这是一个传统得不能再传统的故事。"阿姨"者，珊珊的继母。

珊珊才到这个家一年多。此前好久，就有个又高又肥的秃顶男人总来缠着那个"阿姨"。说缠着，是因为总听见他们在吵架，一宿一宿地吵，吵得院子里的人都睡不好觉。可是，吵着吵着忽然又听说他们要结婚了。这男人就是珊珊的父亲。这男人，听说还是个什么长。这男人我不说他胖而说他肥，是因他实在并不太胖，但在夏夜，他摆两条赤腿在树下乘凉，粉白的肉颤呀颤的，小恒说"就像肉冻"，你自然会想起肥。据说珊珊一年多前离开的也是继母。离开继母的家，珊珊本来高兴，谁料又来到一个继母的家。我问奶奶："她亲妈呢？"奶奶说："小孩，甭打听。""她亲妈死了吗？""谁说的？""那她干吗不去找她亲妈？""你可不许去问珊珊，听见没？""怎么了？""要问，我打你。"我嬉皮笑脸，知道奶奶不会打。"你要是问，珊珊可就又得挨打了。"这一说管用，我想那可真是不能问了。我想珊珊的亲妈一定是死了，不然她干吗不来找珊珊呢？

草茉莉开了。夜来香也开了。满院子香风阵阵。下班的人陆续地回来了。炝锅声、炒菜声就像传染，一家挨一家地整个院子都热闹起来。这时有人想起了珊珊。"珊珊呢？"珊珊家烟火未动，门上一把锁。"也不添火也不做饭，这孩子哪儿去了？""坏了，八成是怕挨打，跑了。""跑了？她能上哪儿去呢？""她跟谁说过什么没有？"众人议论纷纷。我看他们既有担心，又有一丝快意——给那个所谓"阿姨"点颜色看，让那个亲爹也上点心吧！

奶奶跑回来问我："珊珊上哪儿了你知道不？"

"我看她是找她亲妈去了。"

众人都来围着我问："她跟你说了？""她是这么跟你说的吗？""她上哪儿去找她亲妈，她说了吗？"

"要是我，我就去找我亲妈。"

奶奶喊："别瞎说！你倒是知不知道她上哪儿了？"

我摇头。

小恒说看见她买菜去了。

"你怎么知道她是买菜去了？"

"她天天都去买菜。"

我说："你屁都不懂！"

众人纷纷叹气，又纷纷到院门外去张望，到菜站去问，在附近的胡同里喊。

我也一条胡同一条胡同地去喊珊珊。走过老庙，走过小树林，走过轰轰隆隆的建筑工地，走过护城河，到了城墙边。没有珊珊，没有她的影子。我爬上城墙，喊她，我想这一下她总该听见了。但是晚霞淡下去，只有晚风从城墙外吹过来。不过，我心里忽然有了一个想法。

我下了城墙往回跑，我相信我这个想法一定不会错。我使劲跑，跑过护城河，跑过工地，跑过树林，跑过老庙，跑过一条又一条胡同，我知道珊珊会上哪儿，我相信没错，她肯定在那儿。

小学校。对了，她果然在那儿。

操场上空空旷旷，操场旁一点雪白。珊珊坐在花坛边，抱着肩，蜷起腿，下巴搁在膝盖上，晚风吹动她的裙裾。

"珊珊。"我叫她。

珊珊毫无反应。也许她没听见？

"珊珊，我猜你就在这儿。"

我肯定她听见了。我离她远远地坐下来。

四周有了星星点点的灯光。蝉鸣却更加地热烈。

我说："珊珊，回家吧。"

可我还是不敢走近她。我看这时候谁也不敢走近她。就连她的"阿姨"也不敢。就连她亲爹也不敢。我看只有她的亲妈能走近她。

"珊珊，大伙儿都在找你哪。"

在我的印象里，珊珊站起来，走到操场中央，摆一个姿势，翩翩起舞。

四周已是万家灯火。四周的嘈杂围绕着操场上的寂静、空旷，还有昏暗，唯一缕白裙鲜明，忽东忽西，飞旋、飘舞……

"珊珊回去吧。""珊珊你跳得够好了。""离开学还有好几天哪，珊珊你就先回去吧。"我心里这样说着，但是我不敢打断她。

月亮爬上来，照耀着白色的珊珊，照耀她不停歇的舞步，月光下的操场如同一个巨大的舞台。在我的愿望里，也许，珊珊你就这么尽情尽意地跳吧，别回去，永远也不回去，但你要跳得开心些，别这么伤感，别这么忧愁，也别害怕。你用不着害怕呀珊珊，因为……因为再过几天你就要上台去表演这个节目了，是正式的……

但是结尾，是这个故事最为悲惨的地方：那夜珊珊回到家，仍没能躲过一顿暴打。而她不能不回去，不能不回到那个继母的家。因为她无处可去。

因而在我永远的童年里，那个名叫珊珊的女孩一直都在跳舞。那件雪白的连衣裙已经熨好了，雪白的珊珊所以能够飘转进明亮，飘转进幽暗，飘转进遍地树影或是满天星光……这一段童年似乎永远都不会长大，因为不管何年何月，这世上总是有着无处可去的童年。

庄子

史铁生

庄子入殓时我见了他的父亲——背微驼，鬓花白，身材瘦小，

在庄子的遗体前站了一会儿就离开了。

选自长篇散文《记忆与印象》。

"庄子哎！回家吃饭嘞——"我记得，一听见庄子的妈这样喊，处处的路灯就要亮了。

很多年前，天一擦黑，这喊声必在我们那条小街上飘扬，或三五声即告有效，或者就要从小街中央一直飘向尽头，一声声再回来，飘向另一端。后一种情况多些，这时家家户户都已围坐在饭桌前，免不了就有人叹笑：瞧这庄子，多叫人劳神！有文化的人说：庄子嘛，逍遥游，等着咱这街上出圣人吧。不过此庄子与彼庄子毫无牵连，彼庄子的"子"读重音，此庄子的"子"发轻声。此庄子大名六庄。据说他爹善麻将，生他时牌局正酣，这夜他爹手气好，一口气已连坐五庄，此时有人来报："道喜啦，带把儿的，起个名吧。"他爹摸起一张牌，在鼻前闻闻，说一声："好，要的就是你！"话音未落把牌翻开，自摸和！六庄因而得名。

庄子上边俩哥俩姐。听说还有几个同父异母的哥姐，跟着自己的母亲住在别处。就是说，庄子他爹有俩老婆——旧社会的产物，但解放后总也不能丢了哪个不管。俩老婆生下一大群孩子。庄子他爹一个普通职员，想必原来是有些家底的，否则敢养这么多？后来不行了，家底渐渐耗尽了吧，庄子的妈——三婶，街坊邻居都这么叫她——便到处给人做保姆。

我不记得见过庄子的父亲，他住在另外那个家。三婶整天在别人家忙活，也不大顾得上几个孩子，庄子所以有了自由自在的童年。哥姐们都上学去了，他独自东游西逛。庄子长得俊，跟几个哥姐都不像。街坊邻居说不上多么喜欢他，但庄子绝不讨人烦，他走到谁家就乐呵呵地在谁家玩得踏实，人家有什么活他也跟着忙，扫地，浇花，甚至上杂货铺帮人家买趟东西。人家要是说"该回家啦庄子，你妈找不着你该担心了"，他就离开，但不回家，唱唱跳跳继续他的逍遥游。小时候庄子不惹事，生性腼腆，懂规矩。三婶在谁家忙，他一个人玩腻了就到那家院门前朝里望，故意弄出一些声响；那家人叫他进来，他就跑。三婶说"甭理他，冻不着饿不着的没事儿"，但还是不断朝庄子跑去的方向望。那家人要是说"庄子哎快过来，看我这儿有什么好吃的"，庄子跑走一会儿就还回来，回来还是扒着院门朝里望，故意弄出些响声。倘若那家人是诚心诚意要犒赏他，比如说抓一把糖给他，庄子便红了脸，一边说着"不要，我们家有"，一边把目光转向三婶。三婶说"拿着吧，边儿吃去，别再来讨厌了啊"，庄子就赶紧揪起衣襟，或撑开衣兜。有一回人家故意逗他："不是你们家有吗，有了还要？"谁料庄子脸上一下子煞白，揪紧衣襟的手慢慢松开，愣了一会儿，扭头跑去再没回来。

庄子比我小好几岁，他上了小学我已经上中学；我上的是寄宿学校，每星期回家一天，不常看见他了。然后是"文革"，然后是插队。

　　插队第一年冬天回北京，我在电影院门前碰见了庄子。其时他已经长到跟我差不多高了，一身正宗"国防绿"军装，一辆锰钢车，脚上是白色"回力"鞋，那是当时最时髦的装束，狂，份儿。"份儿"的意思，大概就是有身份吧。我还没认出他，他先叫我了。我一愣，不由得问："哪儿混的这套行头？"他"喀"一声，岔开话茬儿："买上票了？"我说人忒多，算了吧。正在上演的是《列宁在一九一八》，里面有几个《天鹅湖》中的镜头，引得年轻人一遍一遍地看，票是难买。据说有人竟看到八遍，到后来不看别的，只看那几个镜头，估摸"小天鹅"快出来了才进场，举了相机等着，一俟美丽的大腿勾魂摄魄地伸展，黑暗中便是一片"喊里咔嚓"按动快门的声音。对"文革"中长大的一代人来说，这算得人体美的启蒙一课。庄子又问："要几张？"我说："你有富余的？"他摇摇头："要就买呗。"我说："谁挤得上去谁买吧，我还是拉倒。"庄子说："用得着咱挤吗？等那群小子挤上了帮你买几张不得了？""哪群小子？"庄子朝售票口那边扬了扬下巴："都是哥们儿的人。"售票口前正有一群"国防绿"横拥竖挤吆三喝四，我明白了，庄子是他们的头儿。我不由得再打量他，未来的庄子绝非蛮壮鲁莽的一类，当是英武、风流、有勇有谋的人物。"怎么着，没事跟咱们一块玩玩去？"他说。我没接茬儿，但我懂，这"玩玩"必是有异性参与的，或是要谋求异性参与的。

　　插队三年，又住了一年多医院，两条腿彻底结束了行程，我坐着轮椅再回到那条小街上，其时庄子正上高中。我找不到正式工作，在家待了些日子就到一家街道工厂去做临时工。那小工厂的事我不止一次写过：三间破旧的老屋里，一群老太太和几个残疾人整天趴在仿古家具上涂涂抹抹，画山水楼台，画花鸟鱼虫，画才子佳人，干一天挣一天的钱。我先是一天八毛，后来涨到一块。

　　老屋里阴暗潮湿，我们常坐到屋前的空地上去干活。某日庄子上学从那小工厂门前过，看见我，已经走过去了又掉头回来，扶着我的轮椅叹道："甭说了哥，这可真他妈不讲理。"确实是甭说了，我无言以答。庄子又说："找他们去，不能这么就算完了吧？""都找了，劳动局、知青办，没用。""操！丫怎么说？""人家说全须全尾的还管不过来呢。""哥，咱打丫的你说行不行？"我说："你先上学去吧，回头晚了。"他说："什么晚不晚的，那也叫上学？"大概那正是"批林批孔""批师道尊严"的时候。庄子挨着我坐下，从书包里摸出一包"大中华"。我说："你小子敢抽这个？"他说："人家给的，就两根了，正好。"我停下手里的活，陪他把烟抽完。烟缕随风飘散，我不记得我们还说了些什么。后来他站起来，把烟屁股一捻，一弹，弹上屋顶，说一声"谁欺负你，哥，你说话"，跳上自行车急慌慌地走了。

　　庄子走后，有个影子一歪一拧地凑过来，是鲶（黏）鱼。鲶鱼的大名叫得挺古雅，可惜我记不得了，总之那样的名字后头若不跟着"先生"二字，似乎这名字就还没完。鲶鱼——这外号起得贴切，他拄着根拐杖四处流窜，影子似的总给人捉不住的感觉，而且此人好崇拜，他要是戴敬谁就整天在谁身边絮叨个没完，黏得很。

鲶鱼说："怎么着哥们儿，你也认识庄子？"我说是，多年的邻居，"你也认识他？"鲶鱼一脸的自豪："那是，我们哥儿俩深了。再说了，这一带你打听打听去，庄子！谁不知道？"我问为什么？他踢踢庄子刚才扔掉的烟盒说："瞧见没有，什么烟？"我心里一惊："怎么，庄子他……拿人东西？""我操，哥们儿你丫想哪儿去了？庄子可不干那事。拂爷（北京土语：小偷）见了庄子，全他妈尿！""怎么呢？""这我不能跟你说。"不说拉倒，我故意埋头干活。我知道鲶鱼忍不住，不一会儿他又凑过来："狂不狂看米黄，瞅见庄子穿的什么裤子没？米黄的毛哔叽！哪儿来的？""哪儿来的？""这我不能告诉你。""不说就一边儿去！""嘿别，别价呀。其实告诉你也没事，你跟庄子也是哥们儿，甭老跟别人说就行。""快说！""你想呀，三婶哪儿有钱给他买这个？拂爷那儿来的。操你丫真他妈老外！这么说吧，拂爷的钱反正也不是好来的，懂了吧？"我还是没太懂，拂爷的钱凭什么给庄子？"庄子给他们戳着。""戳着？""就是帮他们打架。""跟谁打，警察？""哥们儿存心是不？不跟你丫说了。""那你说跟谁打？""拂爷一个个松头日脑的，想吃他们的人多了。打个比方说你是拂爷……""你才是哪！""操，你丫怎恁爱急呀？我是说比方！比方你是个拂爷，要是有人欺负你跟你要钱呢？不是吹的，你提提庄子的大名就全齐了。""你是说六庄？""那还有假？谁不服？不服就找地方练练。""庄子，他能打架？"鲶鱼又是一脸的不屑："那是！""没听说他有什么功夫呀？""嘻，俗话说了，软的怕硬的，硬的怕不要命的。""真是看不出来，庄子小时候蔫儿着呢。""操你丫老说小时候干吗？小时候你丫知道你丫现在这下场吗？""我说你嘴里干净点行不？""我操，我他妈说什么了？""听着，鲶鱼，你的话我信不信还两说着呢。""嘿，不信你看看庄子脑袋去，这儿，还有这儿，一共七针，不信你问问他那是怎么回事。""怎么回事？""算了，反正你丫也不信。""说！""跟大砖打架留下的。""大砖是谁？""唉，看来真得给你丫上一课了。哥们儿什么烟？""'北海'的。""别噎死谁，你丫留着自个儿抽吧。"鲶鱼点起一支"香山"。

据鲶鱼说，庄子跟大砖在护城河边打过一架。他说："大砖那孙子不是东西，要我也得跟丫磕。"据鲶鱼说，大砖曾四处散布，说庄子那身军装不是自己家的，是花钱跟别人买的，庄子他妈给人当保姆，他们家怎么可能有四个兜的军装（指军官的上衣）？大砖说花钱买的算个屁呀，小市民，假狂！这话传到了庄子耳朵里，鲶鱼说庄子听了满脸煞白，转身就找大砖约架去了。大砖自然不能示弱，这种时候一尿，一世威名就全完了。鲶鱼说："那时候大砖可比庄子有名，丫一米八六，又高又壮，手倍儿黑。"据他说，那天双方在护城河边拉开了阵势，天下着雨，大伙儿等了一阵子，可那雨邪了，越下越大。大砖说："怎么着，要不改个日子？"庄子说："甭，下刀子也是今儿！"于是两边的人各自退后十步，庄子和大砖一对一开练，别人谁也不许插手。鲶鱼说——

庄子问："怎么练吧？"

大砖说："我从来听对方的。"

庄子说："那行！你不是爱用砖头吗？你先拍我三砖头，哪儿全行，三砖头我没趴下，再瞧我的。"庄子掏出一把刮刀，插在旁边的树上。

大砖说："我操，哥们儿，砖头能跟刮刀比吗？"

庄子说："要不咱俩调个过儿，我先拍你？"

大砖这时候就有点含糊。鲶鱼说："丫老往两边瞅，准是寻思着怎么都够呛。"

庄子说："嘿，麻利点。想省事儿也成，你当着大伙儿的面说一声，你那身皮是他妈狗脱给你的。"

大砖还是愣着，回头看他的人。鲶鱼说："操这孙子一瞧就不行，丫也不想想，都这会儿了谁还帮得了你？"

庄子说："怎么着倒是？给个痛快话，我可没那么多工夫陪你！"

大砖已无退路。他抓起一块砖头，走近庄子。庄子双腿叉开，憋一口气，站稳了等着他。鲶鱼说大砖真是尿了，谁都还没看明白呢，第一块就稀里糊涂拍在了庄子肩上。庄子胡噜胡噜肩膀，一道血印子而已。

庄子说："哥们儿平时没这么臭吧？"

庄子的人就起哄。鲶鱼说："这一哄，丫大砖好像才醒过闷儿来。"

第二块算是瞄准了脑袋，咔嚓一声下去，庄子晃了晃差点没躺下，血立刻就下来了。血流如注，加上雨，很快庄子满脸满身

038

就都是血了。鲶鱼说：哥们儿你是没见哪，又是风又是雨的，庄哥们儿那模样可真够吓人的。

庄子往脸上抹了一把，甩甩，重新站稳了，说："快着，还有一下。"

鲶鱼说行了，这会儿庄子其实已经赢了，谁狂谁尿全看出来了。鲶鱼说："丫大砖一瞧那么多血，连抓住砖头的手都哆嗦了，丫还玩个屁呀。"

最后一砖头，据鲶鱼说拍得跟棉花似的，跟蔫儿屁似的。拍完了，庄子尚无反应，大砖自己倒先大喊一声。鲶鱼说："那一声倒是惊天动地，底气倍儿足。"

庄子这才从树上拔下刮刀，说："该我了吧？"

大砖退后几步。庄子把刀在腕子上蹭了蹭，走近大砖。双方的人也都往前走几步，屏住气。然后……鲶鱼说："然后你猜怎么着？丫大砖又是一声喊，我操那声喊跟他妈娘们儿似的，然后这小子撒腿就跑。"

据说大砖一直跑进护城河边的树丛，直到看不见他的影子了还能听见他喊。

这就完了！鲶鱼说："大砖丫这下算是栽到底了，永远也甭想抬头了。"

庄子并不追，他知道已经赢了，比捅大砖一刀还漂亮。据说庄子捂住伤口，血从指头缝里不住地往外冒，他冲自己的人晃晃头说："走，缝几针呗。"

可是后来庄子跟我说："你千万别听鲶鱼那小子瞎嘞嘞。"

"瞎嘞嘞什么？"

"根本就没那些事。"

"没哪些事？"

"操，丫鲶鱼嘴里没真话。"

"那你头上这疤是怎么来的？"

"哦，你是说打架呀？我当什么呢！"

"怎么着，听你这话茬儿还有别的？"

"没有，真的没有。我也就是打过几回架，保证没别的。"

"那'大中华'呢？还有这裤子？"

"我操，哥你把我想成什么了？烟是人家给的，这裤子是我自己买的！"

"你哪儿来那么多钱？"

"哎哟喂哥，这你可是伤我了，向毛主席保证这是我一点一点攒了好几年钱才买的。妈的鲶鱼这孙子，我不把丫另一条腿也打瘸了算我对不住他！"

"没鲶鱼的事。真的，鲶鱼没说别的。"

庄子不说话。

"是我自己瞎猜的。真的，这事全怪我。"

庄子还是不说话，脸上渐渐白上来。

"你可千万别找鲶鱼去，你一找他，不是把我给卖了吗？"庄子的脸色缓和了些。

"看我的面子，行不？"

"嗯。"庄子点上一支烟，也给我一支。

"说话算数？"

"操我就不明白了，我不就穿了条好裤子吗，怎么啦？招着谁了？合算像我们这样的家……操，我不说了。"

"像我们这样的家"——这话让我心里"咯噔"一下，觉着真是伤到他了。直到现在，我都能看见庄子说这话时的表情：沮丧，愤怒，几个手指捏得"嘎嘎"响。自他死后，这句话总在我耳边回荡、震响，日甚一日。

"没有没有没有，"我连忙说，"庄子你想哪儿去了？我是怕你……"

"我就是爱打个架哥你得信我，第一我保证没别的事，第二我绝不欺负人。"

"架也别打。"

"有时候由不得你呀哥，那帮孙子没事丫拱火！"

"离他们远点不行？"

我们不出声地抽烟。那是个闷热的晚上，我们坐在路灯下，一丝风都没有，树叶蔫蔫地低垂着。

"行，我听你的。从下月开始，不打了。"

"干吗下月？"

"这两天八成还得有点事。"

"又跟谁？什么事？"

"不能说，这是规矩。"

"不打了，不行？"

"不行，这回肯定不行。"

谁想这一回就要了庄子的命。

一九七六年夏天，庄子死于一场群殴。混战中不知是谁，一刀恰中庄子心脏。

那年庄子十九岁，或者还差一点不到。

最为流传的一种说法是：为了一个女孩。可鲶鱼说绝对没那么回事，"操我还不知道？要有也是雪儿一头热。"

雪儿也住在我们那条街上，跟庄子是从小的同学。庄子在时我没太注意过她，庄子死后我才知道她就是雪儿。

雪儿也是十九岁，这个年纪的女孩没有不漂亮的。雪儿在街上坦然地走，无忧地笑，看不出庄子的死对她有什么影响。

庄子究竟为什么打那一架，终不可知。

庄子入殓时我见了他的父亲——背微驼，鬓花白，身材瘦小，在庄子的遗体前站了一会儿就离开了。

庄子穿的还是那件军装上衣，那条毛哔叽裤子。三婶说他就爱这身衣裳。

四位先生

老舍

若遇上打架吵嘴的，他得过去解劝，还许把别人劝开，

而他与另一位劝架的打起来！

吴组缃先生的猪

从青木关到歌乐山一带，在我所认识的文友中要算吴组缃先生最为阔绰。他养着一口小花猪。据说，这小动物的身价，值六百元。

每次我去访组缃先生，必附带地向小花猪致敬，因为我与组缃先生核计过了：假若他与我共同登广告卖身，大概也不会有人出六百元来买！

有一天，我又到吴宅去。给小江——组缃先生的少爷——买了几个比醋还酸的桃子。拿着点东西，好搭讪着骗顿饭吃，否则就太不好意思了。一进门，我看见吴太太的脸比晚日还红。我心里一想，便想到了小花猪。假若小花猪丢了，或是出了别的毛病，组缃先生的阔绰便马上不存在了！一打听，果然是为了小花猪：它已绝食一天了。我很着急，急中生智，主张给它点奎宁吃，恐怕是打摆子。大家都不赞同我的主张。我又建议把它抱到床上盖上被子睡一觉，出点汗也许就好了；焉知道不是感冒呢？这年月的猪比人还娇贵呀！大家还是不赞成。后来，把猪医生请来了。我颇兴奋，要看看猪怎么吃药。猪医生把一些草药包在竹筒的大厚皮里，使小花猪横衔着，两头向后束在脖子上：这样，药味与药汁便慢慢走入里边去。把药包儿束好，小花猪的口中好像生了两个翅膀，倒并不难看。

虽然吴宅有此骚动，我还是在那里吃了午饭——自然稍微地有点不得劲儿！

过了两天，我又去看小花猪——这回是专程探病，绝不为看别人；我知道现在猪的价值有多大——小花猪口中已无那个药包，而且也吃点东西了。大家都很高兴，我就又就棍打腿地骗了顿饭吃，并且提出声明：到冬天，得分给我几斤腊肉；组细先生与太太没加任何考虑便答应了。吴太太说："几斤？十斤也行！想想看，那天它要是一病不起……"大家听罢，都出了冷汗！

马宗融先生的时间观念

马宗融先生的表大概是、我想是一个装饰品。无论约他开会，还是吃饭，他总迟到一个多钟头，他的表并不慢。

来重庆，他多半是住在白象街的作家书屋。有的说也罢，没的说也罢，他总要谈到夜里两三点钟。假若不是别人都困得不出一声了，他还想不起上床去。有人陪着他谈，他能一直坐到第二天夜里两点钟。表、月亮、太阳，都不能引起他注意到时间。

比如说吧，下午三点他须到观音岩去开会，到两点半他还毫无动静。"宗融兄，不是三点有会吗？该走了吧？"有人这样提醒他，他马上去戴上帽子，提起那有茶碗口粗的木棒，向外走。"七点吃饭。早回来呀！"大家告诉他。他回答声"一定回来"，便匆匆地走出去。

到下午三点的时候，你若出去，你会看见马宗融先生在门口与一位老太婆或是两个小学生谈话呢！即使不是这样，他在五点以前也不会走到观音岩。路上每遇到一位熟人，便要谈至少有十分钟的话。若遇上打架吵嘴的，他得过去解劝，还许把别人劝开，而他与另一位劝架的打起来！遇上某处起火，他得帮着去救。有人追赶扒手，他必然得加入，非捉到不可。看见某种新东西，他得过去问问价钱，不管买与不买。看到戏报子，马上他去借电话，问还有票没有……这样，他从白象街到观音岩，可以走一天，幸而他记得开会那件事，所以只走两三个钟头，到了开会的地方，即使大家已经散了会，他也得坐两点钟，他跟谁都谈得来，都谈得有趣，很亲切，很细腻。有人随便哼了一句二黄，他立刻请人教给他；有人刚买一条绳子，他马上拿过来练习跳绳——五十岁了啊！

七点，他想起来回白象街吃饭，归路上，又照样地劝架，救火，追贼，问物价，打电话……至早，他在八点半左右走到目的地。满头大汗，三步当作两步走的。他走了进来，饭早已开过了。

所以，我们与友人定约会的时候，若说随便什么时间，早晨也好，晚上也好，反正我一天不出门，你哪时来也可以，我们便说"马宗融的时间吧"！

姚蓬子先生的砚台

作家书屋是个神秘的地方，不信你交到那里一份文稿，而三五日后再亲自去索回，你就必定不说我扯谎了。

进到书屋，十之八九你找不到书屋的主人——姚蓬子先生。他不定在哪里藏着呢。他的被褥是稿子，他的枕头是稿子，他的桌上、椅上、窗台上……全是稿子。简单地说吧，他被稿子埋起来了。当你要稿子的时候，你可以看见一个奇迹。假如说尊稿是十张纸写的吧，书屋主人会由枕头底下翻出两张，由裤袋里掏出三张，书架里找出两张，窗子上揭下一张，还欠两张。你别忙，他会由老鼠洞里拉出那两张，一点也不少。

单说蓬子先生的那块砚台，也足够惊人了！那是块无法形容的石砚。不圆不方，有许多角，有任何角度。有一点沿，豁口甚多，底子最奇，四周翘起，中间的一点凸出，如元宝之背，它会像陀螺似的在桌上乱转，还会一头高一头低地倾斜，如浪中之船。我老以为孙悟空就是由这块石头跳出去的！

到磨墨的时候，它会由桌子这一端滚到那一端，而且响如快跑的马车。我每晚十时必就寝，而对门书屋的主人要办事办到天亮。从十时到天亮，他至少研十次墨，一次比一次响——到夜最静的时候，大概连南岸都感到一点震动。从我到白象街起，我没做过一个好梦，刚一入梦，砚台来了一阵雷雨，梦为之断。在夏天，砚一响，我就起来拿臭虫。冬天可就不好办，只好咳嗽几声，使之闻之。

现在，我已交给作家书屋一本书，等到出版，我必定破费几十元，送给书屋主人一块平底的、不出声的砚台！

何容先生的戒烟

首先要声明：这里所说的烟是香烟，不是鸦片。

从武汉到重庆，我老同何容先生在一间屋子里，一直到前年八月间。在武汉的时候，我们都吸"大前门"或"使馆"牌；小大"英"似乎都不够味。到了重庆，小大"英"似乎变了质，越来越"够"味了，"前门"与"使馆"倒仿佛没了什么意思。慢慢的，"刀"牌与"哈德门"又变成我们的朋友，而与小大"英"，不管是谁的主动吧，好像冷淡得日悬一日，不久，"刀"牌与"哈德门"又与我们发生了意见，差不多要绝交的样子。何容先生就决心戒烟！

在他戒烟之前，我已声明过："先上吊。后戒烟！"本来嘛，

"弃妇抛雏"地流亡在外，吃不敢进大三元，喝么也不过是清一色（黄酒贵，只好吃点白干），女友不敢去交，男友一律是穷光蛋，住是二人一室，睡是臭虫满床，再不吸两支香烟，还活着干吗？可是，一看何容先生戒烟，我到底受了感动，既觉自己无勇，又钦佩他的伟大；所以，他在屋里，我几乎不敢动手取烟，以免动摇他的坚决！

何容先生那天睡了十六个钟头，一支烟没吸！醒来，已是黄昏，他便独自走出去。我没敢陪他出去，怕不留神递给他一支烟，破了戒！掌灯之后，他回来了，满面红光，含着笑，从口袋中掏出一包土产卷烟来。"你尝尝这个，"他客气地让我，"才一个铜板一支！有这个，似乎就不必戒烟了！没有必要！"把烟接过来，我没敢说什么，怕伤了他的尊严。面对面地，把烟燃上，我俩细细地欣赏。头一口就惊人，冒的是黄烟，我以为他误把爆竹买来了！听了一会儿，还好，并没有爆炸，就放胆继续地吸。吸了不到四五口，我看见蚊子都争着向外边飞，我很高兴。既吸烟，又驱蚊，太可贵了！再吸几口之后，墙上又发现了臭虫，大概也要搬家，我更高兴了！吸到了半支，何容先生与我也跑出去了，他低声地说："看样子，还得戒烟！"

何容先生二次戒烟，有半天之久。当天的下午，他买来了烟斗与烟叶。"几毛钱的烟叶，够吃三四天的，何必一定戒烟呢！"他说。吸了几天的烟斗，他发现了：（一）不便携带；（二）不用力，抽不到；用力，烟油射在舌头上；（三）费洋火；（四）须天天收拾，麻烦！有此四弊，他就戒烟斗，而又吸上香烟了。"始作卷烟者。其无后乎！"他说。

最近二年，何容先生不知戒了多少次烟了，而指头上始终是黄的。

卖蚯蚓的人

汪曾祺

他总是用带子扎着裤腿。
脸上说不清是什么颜色，
只看到风、太阳和尘土。

我每天到玉渊潭散步。

玉渊潭有很多钓鱼的人。他们坐在水边，瞅着水面上的漂子。难得看到有人钓到一条二三寸长的鲫瓜子。很多人一坐半天，一无所得。等人、钓鱼、坐牛车，这是世间"三大慢"。这些人真有耐性。各有一好。这也是一种生活。

在钓鱼的旺季，常常可以碰见一个卖蚯蚓的人。他慢慢地蹬着一辆二六的旧自行车，有时扶着车慢慢地走着。走一截，扬声吆唤：

"蚯蚓——蚯蚓来——

"蚯蚓——蚯蚓来——"

有的钓鱼的就从水边走上堤岸，向他买。

"怎么卖？"

"一毛钱三十条。"

来买的掏出一毛钱，他就从一个原来是装油漆的小铁桶里，用手抓出三十来条，放在一小块旧报纸里，交过去。钓鱼人有时带点解嘲意味，说：

"一毛钱，玩一上午！"

有些钓鱼的人只买五分钱的。

也有人要求再添几条。

"添几条就添几条,一个这东西!"

蚯蚓这东西,泥里咕叽,原也难一条一条地数得清,用北京话说,"大概其",就得了。

这人长得很敦实,五短身材,腹背都很宽厚。这人看起来是不会头疼脑热、感冒伤风的,而且不会有什么病能轻易地把他一下子打倒。他穿的衣服都是宽宽大大的,旧的,褪了色,而且带着泥渍,但都还整齐,并不褴褛,而且单夹皮棉,按季换衣。——皮,是说他入冬以后的早晨有时穿一件出锋毛的山羊皮背心。按照老北京人的习惯,也可能是为了便于骑车,他总是用带子扎着裤腿。脸上说不清是什么颜色,只看到风、太阳和尘土。只有有时他剃了头,刮了脸,才看到本来的肤色。新剃的头皮是雪白的,下边是一张红脸,看起来就像是一件旧铜器在盐酸水里刷洗了一通,刚刚拿出来一样。

因为天天见,面熟了,我们碰到了总要点点头,招呼招呼,寒暄两句。

"吃啦?"

"您遛弯!"

有时他在钓鱼人多的岸上把车子停下来,我们就说会子话。他说他自己:"我这人——爱聊。"

我问他一天能卖多少钱。

"一毛钱三十条,能卖多少!块数来钱,两块,闹好了有时能卖四块钱。"

"不少！"

"凑合吧。"

我问他这蚯蚓是哪里来的："是挖的？"

旁边有一位钓鱼的行家说：

"是烹的。"

这个"烹"字我不知道该怎么写，只能记音。这位行家给我解释，是用蚯蚓的卵人工孵化的意思。

"蚯蚓还能'烹'？"

卖蚯蚓的人说：

"有'烹'的，我这不是，是挖的。'烹'的看得出来，身上有小毛，都是一般长。瞧我的：有长有短，有大有小，是挖的。"

我不知道蚯蚓还有这么大的学问。

"在哪儿挖的，就在这玉渊潭？"

"不！这儿没有——不多。丰台。"

他还告诉我丰台附近的一个什么山，山根底下，那儿出蚯蚓，这座山名我没有记住。

"丰台？一趟不得三十里地？"

"我一早起蹬车去一趟，回来卖一上午。下午再去一趟。"

"那您一天得骑百十里地的车？"

"七十四了，不活动活动成吗！"

他都七十四了！真不像。不过他看起来像多少岁，我也说不上来。这人好像没有岁数。

"您一直就是卖蚯蚓？"

"不是！我原来在建筑上——当壮工。退休了。退休金四十几块，不够花的。"

我算了算，连退休金加卖蚯蚓的钱，有百十块钱，断定他一定爱喝两盅。我把手圈成一个酒杯形，问：

"喝两盅？"

"不喝。——烟酒不动！"

那他一个月的钱一个人花不完，大概还会贴补儿女一点。

"我原先也不是卖蚯蚓的。我是挖药材的。后来药材公司不收购，才改了干这个。"

他指给我看：

"这是益母草，这是车前草，这是红苋草，这是地黄，这是豨莶……这玉渊潭到处是钱！"

他说他能认识北京的七百多种药材。

"您怎么会认药材的？是家传？学的？"

"不是家传。有个街坊，他挖药材，我跟着他，用用心，就学会了。——这北京城，饿不死人，你只要肯动弹，肯学！你就拿晒槐米来说吧——"

"槐米？"我不知道槐米是什么，真是孤陋寡闻。

"就是没有开开的槐花骨朵，才米粒大。晒一季槐米能闹个百八十的。这东西外国要，不知道是干什么用，听说是酿酒。不过得会晒。晒好了，碧绿的！晒不好，只好倒进垃圾堆。——蚯蚓！——蚯蚓来！"

我在玉渊潭散步，经常遇见的还有两位，一位姓乌，一位姓莫。乌先生在大学当讲师，莫先生是一个研究所的助理研究员。我跟他们见面也点头寒暄。他们常常发一些很有学问的议论，很深奥，至少好像是很深奥，我听不大懂。他们都是好人，不是造反派，不打人，但是我觉得他们的议论有点不着边际。他们好像是为议论而议论，不是要解决什么问题，就像那些钓鱼的人，意不在鱼，而在钓。

乌先生听了我和卖蚯蚓人的闲谈，问我：

"你为什么对这样的人那样有兴趣？"

我有点奇怪了。

"为什么不能有兴趣？"

"从价值哲学的观点来看，这样的人属于低级价值。"

莫先生不同意乌先生的意见。

"不能这样说。他的存在就是他的价值。你不能否认他的存在。"

"他存在。但是充其量，他只是我们这个社会的填充物。"

"就算是填充物，填充物也是需要的。'填充'，就说明他的存在的意义。社会结构是很复杂的，你不能否认他也是社会结构的组成部分，哪怕是极不重要的一部分。就像自然界需要维持生态平衡，我们这个社会也需要有生态平衡。从某种意义来说，这种人也是不可缺少的。"

"我们需要的是走在时代前面的人，呼啸着前进的、身上带电的人！而这样的人是历史的遗留物。这样的人生活在现在，和生活在汉代没有什么区别——他长得就像一个汉俑。"

我不得不承认，他对这个卖蚯蚓人的形象描绘是很准确且生动的。

乌先生接着说：

"他就像一具石磨。从出土的明器看，汉代的石磨和现在的没有什么不同。现在已经是原子时代——"

莫先生抢过话来，说：

"原子时代也还容许有汉代的石磨，石磨可以磨豆浆——你今天早上就喝了豆浆！"

他们争执不下，转过来问我对卖蚯蚓的人的"价值""存在"有什么看法。

我说：

"我只是想了解了解他。我对所有的人都有兴趣，包括站在时代的前列的人和这个汉俑一样的卖蚯蚓的人。这样的人在北京还不少。他们的成分大概可以说是城市贫民。糊火柴盒的、捡破烂的、捞鱼虫的、晒槐米的……我对他们都有兴趣，都想了解。我要了解他们吃什么和想什么。用你们的话说，是他们的物质生活和精神生活。吃什么，我知道一点。比如这个卖蚯蚓的老人，我知道他的胃口很好，吃什么都香。他一嘴牙只有一个活动的。他的牙很短、微黄，这种牙最结实，北方叫作'碎米牙'，他说：'牙好是口里的福。'我知道他今天早上吃了四个炸油饼。他中午和晚上大概常吃炸酱面，一顿能吃半斤，就着一把小水萝卜。他大概不爱吃鱼。至于他想些什么，我就不知道了，或者知道得很少。我是个写小说的人，对于人，我只想了解、欣赏，并对他进行描绘，我不想对任何人做出论断。像我的一位老师一样，对于这个世界，我所倾心的是现象。我不善于做抽象的思维。我对人，更多地注意的是他的审美意义。你们可以称我是一个生活现象的美食家。这个卖蚯蚓的粗壮的老人，骑着车，吆喝着'蚯蚓——蚯蚓来——'不是一个丑的形象。——当然，我还觉得他是个善良的、有古风的自食其力的劳动者，他至少不是社会的蛀虫。"

这时忽然有一个也常在玉渊潭散步的学者模样的中年人插了进来，他自我介绍：

"我是一个生物学家。——我听了你们的谈话。从生物学的角度，是不应鼓励挖蚯蚓的。蚯蚓对农业生产是有益的。"

我们全都傻了眼了。

薛大娘

汪曾祺

薛大娘拉皮条，有人有议论。

薛大娘说："他们一个有情，一个愿意，
我只是拉拉纤，这是积德的事，有什么不好？"

薛大娘是卖菜的。

她住在螺蛳坝南面，占地相当大，房屋也宽敞，她的房子有点特别，正面、东西两边各有三间低低的瓦房，三处房子各自独立，不相连通。没有围墙，也没有院门，老远就能看见。

正屋朝南，后枕臭河边的河水。河水是死水，但并不臭；当初不知怎么起了这么一个地名。有时雨水多，打通螺蛳坝到越塘之间的淤塞的旧河，就成了活水。正屋当中是"堂屋"，挂着一轴"家神菩萨"的画。这是逢年过节磕头烧香的地方，也是一家人吃饭的地方。正屋一侧是薛大娘的儿子大龙的卧室，另一侧是贮藏室，放着水桶、粪桶、扁担、勺子、菜种、草灰。正屋之南是一片菜园，种了不少菜。因为土好，用水方便——下河坎就能装满一担水，菜长得很好。每天上午，从路边经过，总可以看到大龙洗菜、浇水、浇粪。他把两桶稀粪水用一个长柄的木勺子扇面似的均匀地洒开。太阳照着粪水，闪着金光，让人感到：这又是新的一天了。菜园的一边种了一畦韭菜，垄了一畦葱，还有几架宽扁豆。韭菜、葱是自家吃的，扁豆则是种了好玩的。紫色的扁豆花一串一串，很好看。种菜给了大龙一种快乐。他二十岁了，腰腿矫健，还没有结婚。

薛大娘的丈夫是个裁缝，人很老实，整天没有几句话。他住东边的三间，带着两个徒弟裁、剪、缝、连、锁边、打纽子。晚上就睡在这里。他在房事上不大行。西医说他"性功能不全"，有个江湖郎中说他"只能生子，不能取乐"。他在这上头也就看得很淡，不大有什么欲望。他很少向薛大娘提出要求，薛大娘也不勉强他。自从生了大龙，两口子就不大同房，实际上是分开过了。但也是和和睦睦的，没有听到过他们吵架。

薛大娘自住在西边三间里。

她卖菜。每天一早，大龙把青菜起出来，削去泥根，在两边扁圆的菜筐里码好，在臭河边的水里濯洗干净，薛大娘就担了两筐菜，大步流星地上市了。她的菜筐多半歇在保全堂药店的廊檐下。

说不准薛大娘的年龄。按说总该过四十了，她的儿子都二十岁了嘛。但是看不出。她个子高高的，腰腿灵活，眼睛亮灼灼的。引人注意的是她一对奶子，尖尖耸耸的，在蓝布衫后面顶着。还不像一个有二十岁的儿子的人。没有人议论过薛大娘好看还是不好看，但是她眉宇间有点英气，算得上个一丈青。

她的菜肥嫩水足。很快就卖完了。卖完了菜，在保全堂店堂里坐坐，从茶壶焐子里倒一杯热茶，跟药店的"同事"说说话。然后上街买点零碎东西，回家做饭。她和丈夫虽然分开过，但并未分灶，饭还在一处吃。

薛大娘有个"副业"，给青年男女拉关系——拉皮条。附近几条街上有一些小莲子——本地把年轻的女用人叫作"小莲子"。她们都是十六七，十七八，都是从农村来的。这些农村姑娘到了这个不大的县城里，就觉得这是花花世界。她们的衣装打扮变了。比如，上衣掐了腰，合身抱体，这在农村里是没有的。她们也学会了搽胭脂抹粉。连走路的样子都变了，走起来扭扭搭搭的。不少小莲子认了薛大娘当干妈。

街上有一些风流潇洒的年轻人，本地叫作"油儿"。这些油儿的眼睛总在小莲子身上转。有时跟在后面，自言自语，说一些调情的疯话："花开花谢年年有，人过青春不再来"；"易求无价宝，难得有情郎"。小莲子大都脸色矜持，不理他。跟的次数多了，不免从眼角瞟儿眼，觉得这人还不讨厌，慢慢地就能说说话了。油儿问小莲子是哪个乡的人，多大了，家里还有谁。小莲子都小声回答了他。

油儿到觉得小莲子对他有点意思了，就找到薛大娘，求她把小莲子弄到她家里来会会。薛大娘的三间屋就成了"台基"——本地把提供男女欢会的地方叫作"台基"。小莲子来了，薛大娘说："你们好好谈谈吧。"就把门带上，从外面反锁了。她到熟人家坐半天，有一搭无一搭地聊聊，估计时间差不多了才回来开锁推门。她问小莲子："好吗？"小莲子满脸通红，低了头，小声说"好"——"好，以后常来。不要叫主家发现，扯个谎，就说在街上碰到了舅舅，陪他买了会儿东西。"

欢会一次，油儿总要丢下一点钱，给小莲子，也包括给大娘的酬谢。钱一般不递给小莲子手上，由大娘分配。钱多钱少，并无定例。但大体上有个"时价"。臭河边还有一处"台基"，大娘姓苗。苗大娘是要开价的。有一次一个油儿找一个小莲子，苗大娘索价二元。她对这两块钱做了合理的分配，对小莲子说："枕头五毛炕五毛，大娘五毛你五毛。"

薛大娘拉皮条，有人有议论。薛大娘说："他们一个有情，一个愿意，我只是拉拉纤，这是积德的事，有什么不好？"

薛大娘每天到保全堂来，和保全堂上上下下都很熟。保全堂的东家有一点很特别，他的店里不用本地人，从上到下："管事"（经理）、"同事"（本地把店员叫"同事"）、"刀上"（切药的）乃至挑水做饭的，全都是淮安人。这些淮安人一年有一个月假期，轮流回去，做传宗接代的事，其余十一个月吃住都在店里。他们一年要打十一个月的光棍。谁什么时候回家，什么时候假满回店，薛大娘了如指掌。她对他们很同情，有心给他们拉拉纤，找两个干女儿和他们认识，但是办不到。这些"同事"全都拉家带口，没有余钱可以做一点风流事。

保全堂调进一个新"管事"——老"管事"刘先生因病去世了，是从万全堂调过来的。保全堂、万全堂是一个东家。新"管事"姓吕，街上人都称之为吕先生，上了年纪的则称之为"吕三"——他行三，原是万全堂的"头柜"，因为人很志诚可靠，也精明能干，被东家看中，调过来了。按规矩，当了"管事"，就有"身股"，或称"人股"，算是股东之一，年底可以分红，因此"管事"都很用心尽职。

也是缘分，薛大娘看到吕三，打心里喜欢他。吕三已经是"管事"了，但岁数并不大，才三十多岁。这样年轻就当了管事的，少有。"管事"大都是"板板六十四"的老头，"同事"、学生意的"相公"都对"管事"有点害怕。吕先生可不是这样，和店里的"同事"、来闲坐喝茶的街邻全都有说有笑，而且他说的话都很有趣。薛大娘爱听他说话，爱跟他说话，见了他就眉开眼笑。薛大娘对吕先生的喜爱毫不遮掩。她心里好像开了一朵花。

吕三也像药店的"同事""刀上",每年回家一次,平常住在店里。他一个人住在后柜的单间里。后柜里除了现金、账簿,还有一些贵重的药:犀牛角、鹿茸、高丽参、藏红花……

吕先生离开万全堂到保全堂来了,他还是万全堂的老人,有时有事要和万全堂的"管事"老苏先生商量商量,请教请教。从保全堂到万全堂,要经过臭河边,经过薛大娘的家。有时他们就做伴一起走。

有一次,薛大娘到了家门口,对吕三说:"你下午上我这儿来一趟。"吕先生从万全堂办完事回来,到了薛家,薛大娘一把把他拉进了屋里。进了屋,薛大娘就解开上衣,让吕三摸她,随即把浑身衣服都脱了。

薛大娘的儿子已经二十岁,但她好像第一次真正做了女人。

好事不出门,坏事传千里,薛大娘和吕三的事渐渐被人察觉,议论纷纷。薛大娘的老姊妹劝她不要再"偷"吕三,说:

"你图个什么呢?"

"不图什么。我喜欢他。他一年打十一个月光棍,我让他快活快活——我也快活,这有什么不对?有什么不好?谁爱嚼舌头,让她们嚼去吧!"

薛大娘不爱穿鞋袜,除了下雪天,她都是赤脚穿草鞋,十个脚趾舒舒展展,无拘无束。她的脚总是洗得很干净。这是一双健康的——因而是很美的脚。

薛大娘身心都很健康。她的性格没有被扭曲、被压抑。舒舒展展,无拘无束。这是一个彻底解放的、自由的人。

小学同学

汪曾祺

顾先生什么都不说，抢起戒尺就打。

打得非常重。打得邱麻子嘴角牵动，一咧一咧的。

一直打了半节课。

金国相

我时常想起金国相。他很可怜。不知道怎么传出来的，说金国相有尾巴。于是在第二节课下课后，常常有一群同学追他，要脱下他的裤子。金国相拼命逃。大家拼命追。操场、校园、厕所……金国相跑得很快，从来没有被追上、摁倒过。这样追了十分钟，直到第三节课铃响。学校的老师看见，也不管。我没有追过金国相。为什么要欺负人呢？那么多人欺负一个人！

金国相到底有没有尾巴？可能是有的。不然他为什么拼命逃？可能是他尾骨长出一节，不会是当真长了一根毛乎乎的尾巴。

金国相的样子有点蠢。头很大，眼睛也很大。两只很圆的眼睛，老是像瞪着。说话声音很粗。

他家很穷。父亲早死了，家里只有一个祖母，靠糊骨子（做鞋底用的袼褙）为生。把碎布浸湿，打一盆面糊，在门板上把碎布一层一层地拼起来，糊得实实的，成一个二尺宽、五六尺长的长方块，晒干后，揭下。只要是晴天，都看见老奶奶坐在一个小板凳上糊骨子。金国相家一般是不关门的，因为门板要用来糊骨子，因此从街上一眼可以看到他家的堂屋。堂屋里什么都没有，一张破桌子，几条板凳。

金国相家左邻是一个很小的石灰店，右邻是一个很小的炮仗店。这几家门面都不敞亮，不过金国相家特别地暗淡。

金国相家的对面是一个私塾。也还有人家愿意把孩子送到私塾念书，不上小学。私塾里有十几个学生。我们是读小学的，而且将来还会读中学、大学，对私塾看不起，放学后常常大摇大摆地走进去看看。教私塾的老先生也无可奈何。这位老先生样子很"古"。奇怪的是板壁上却挂了一张老夫妻俩的合影，而且是放大的。老先生用粗拙的字体在照片边廓题了一首诗，有两句我一直不忘：

诸君莫怨奁田少，
吃饭穿衣全靠它。

我当时就觉得这首诗很可笑。"奁田"的多少是老先生自己的事，与"诸君"有什么关系呢？

金国相为什么不就在对门读私塾，为什么要去读小学呢？

邱麻子

邱麻子当然是有个学名的，但是从一年级起，大家都叫他邱麻子。他又黑又麻。他上学上得晚，比我们要大好几岁，人也高出好多。每学期排座位，他总是最后一排，靠墙坐着。大家都不愿跟他一块玩，他也跟这些比他小好几岁的伢子玩不到一起去，他没有"好朋友"。我们那时每人都有一两个特别要好的同学。男生跟男生玩，女生跟女生玩。如果是亲戚或是邻居，男生和女生也可以一起玩。早上互相叫着一起到学校，晚上一同回家。邱麻子总是一个人来，一个人走。

三年级的时候，有一天上算术课，来的不是算术老师，是教务主任顾先生。顾先生阴沉着脸，拿了一把很大的戒尺。级长喊了"一——二——三"之后，顾先生怒喝了一声："邱××！到前面来！"邱麻子走到讲桌前站住。"伸出左手！"顾先生什么都不说，抢起戒尺就打。打得非常重。打得邱麻子嘴角牵动，一咧一咧的。一直打了半节课。同学们鸦雀无声。只见邱麻子的手掌肿得像发面馒头。邱麻子不哭，不叫喊，只是咧嘴。这不是处罚，简直是用刑。

后来知道是因为邱麻子"摸"了女生。

过了好些年，我才知道这叫"猥亵"。

邱麻子当然不知道这是"猥亵"。

连教导主任顾先生也不知道"猥亵"这个词。

邱麻子只是因为早熟，因为过早萌发的性意识，并且因为他的黑和麻，本能地做出这种事，没有谁能教唆过他。

邱麻子被学校开除了。

邱麻子家开了一座铁匠店。他父亲就是打铁的。邱麻子被开除后，学打铁。

他父亲掌小锤，他抡大锤。我们放了学，常常去看打铁。他父亲把一块铁放进炉里，邱麻子拉风箱。呼——嗒，呼——嗒……铁块烧红了，他父亲用钳子夹出来，搁在砧子上。他父亲用小锤一点，"叮"，他就使大锤砸在父亲点的地方，"当"。叮——当，叮——当。铁块颜色发紫了，他父亲把铁块放在炉里再烧。烧红了，夹出来，叮——当，叮——当，到了一件铁活快成形时，就不再需要大锤，只要由他父亲用小锤正面反面轻敲几下，"叮、叮、叮、叮"。"叮叮叮叮……"这是用小锤空击在铁砧上，表示这件铁活已经完成。

叮——当，叮——当，叮——当。

少年棺材匠

徐守廉家是开棺材店的。是北门外唯一的棺材店。

走过棺材店，总有一种很特殊的感觉。别的店铺都与"生"有关，所卖的东西是日用所需，棺材店却是和"死"联系在一起的。多数店铺在店堂里都设有椅凳茶几，熟人走过，可以进去歇歇脚，喝一杯茶，闲谈一阵，没有人会到棺材店去串门。别的店铺里很热闹。酱园从早到晚，买油的、买酱的、打酒的、买萝卜干酱莴苣的，川流不息。布店从早上九点钟到下午五六点钟，总有人靠着柜台挑布（没有人大清早去买布的；灯下买布，看不正颜色了）。米店中饭前、晚饭前有两次高潮。药店的"先生"照方抓药，顾客坐在椅子上等，因为中药有很多味，一味一味地用戥子戥，包，要费一点时间。绒线店里买丝线的、绦子的、二号针的、品青煮蓝的……络绎不绝。棺材店没法子热闹。北门外一天死不了一个人。一天死几个，更是少有。就是那年闹霍乱，死的人也不太多。棺材店过年是不贴春联的。如果贴，写什么字呢？"生意兴隆通四海，财源茂盛达三江"？

我和徐守廉很要好。他很聪明，功课很好，我常到他家的棺材店去玩。

棺材店没有柜台，当然更没有货橱货架，只有一张账桌，徐守廉的父亲坐在桌后的椅子里，用一副骨牌"打通关"。棺材店是不需要多少"先生"的，顾客很少，货品单一。有来看材的（这些"材"就靠西墙一具一具地摞着），徐守廉的父亲就放下骨牌接待。棺材是没有什么可挑选的，样子都是一样的。价钱也是固定的。上等的、中等的、下等的薄皮材，自几十元、十几元至几块钱不等。也没有人去买棺材讨价还价。看定一种，交了钱，雇人抬了就走。买棺材不兴赊账，所以账目也就简单。

我去"玩"，是去看棺材匠做棺材。棺材也要做得像个棺材的样子，不能做成一个长方的盒子。棺材板很厚。两边的板要一头大，一头小，要略略有点弧度，两边有相抱的意思；棺材盖尤其重要，棺材盖正面要略略隆起，棺材盖的里面要是一个"膛"，稍拱起。做棺材的工具是一个长把，弯头，阔刃的家伙，叫作"锛"。棺材的各部分，是靠"锛"锛出来的（棺材板平放在地下）。老师傅锛起来非常准确。嚓！——嚓，嚓，嚓——锛到底，削掉不必要的部分，略修几下，这块板就完全合尺寸。锛时是不弹墨线的，全凭眼力，凭手底下的功夫。一般木匠是不会做棺材的，这是另一门手艺。

棺材店里随时都喷发出新锛的杉木的香气。

徐守廉小学毕业没有升学，就在他家的棺材店里学做棺材的手艺。

我读完初中，徐守廉也差不多出师了。

我考上了高中，路过徐家棺材店，徐守廉正在熟练地锛板子。我叫他：

"徐守廉！"

"汪曾祺！来！"

我心里想："你为什么要当棺材匠呢？"话到嘴边，没有说出来。我觉得当棺材匠不好。为什么不好呢？我也说不出来。

蒌蒿薹子

小说《大淖记事》："春初水暖，沙洲上冒出很多紫红色的芦芽和灰绿色的蒌蒿，很快就是一片翠绿了。"我在书页下方加了一条注："蒌蒿是生于水边的野草，粗如笔管，有节，生狭长的小叶，初生二寸来高，叫作'蒌蒿薹子'，加肉炒食极清香……""蒌蒿"的"蒌"字，我小时不知怎么写，后来偶然看了一本什么书，才知道的。这个字音"吕"。我小学有一个同班同学，姓吕，我们就给他起了一个外号，叫"蒌蒿薹子"（蒌蒿薹子家开了一爿糖坊，小学毕业后未升学，我们看见他坐在糖坊里当小老板，觉得很滑稽）。

——《故乡的食物》

真对不起，我把我的这位同学的名字忘了，现在只能称他为蒌蒿薹子。我们小时候给人取外号，常常没有什么意义，"蒌蒿薹子"，只是因为他姓吕，和他的形貌没有关系。"糖坊"是制麦芽糖的。有一口很大的锅，直径差不多有一丈。隔几天就煮一锅大麦芽，整条街上都闻到熬麦芽的气味。麦芽怎么变成了糖，这过程我始终没弄清楚，只知道要费很长时间。制出来的糖就是北京叫作关东糖的那种糖。有的做成直径尺半许的一个圆饼，肩挑的小贩趸去。或用钱买，或用鸭毛破布来换，都可以。用一个刨刃形的铁片楔入糖边，用小铁锤一敲，叮的一声就敲下一块。云南管这种糖叫"丁丁糖"。蒌蒿薹子家不卖这种糖，门市只卖做成小烧饼状的糖饼。有时还卖把麦芽糖拉出小孔，切成二寸长的一段一段，孔里灌了豆面，外面滚了芝麻的"灌香糖"。吃糖饼的人很少，这东西很硬，咬一口，不小心能把门牙扳下来。灌香糖买的人也不多。因此照料门市，只要一个人就够了。原来看店堂的是他的父亲，蒌蒿薹子小学毕了业，就由他接替了。每年只有进腊月二十边上，糖坊才红火热闹几天。家家都要买糖饼祭灶，叫作"灶糖"，不少人家一买买一摞，由大至小，摞成宝塔。全城只有这一家糖坊，买灶饼糖的人挤不动。四乡八镇还有来批趸的。糖坊一年，就靠这几天的生意赚钱。这几天，蒌蒿薹子显得很忙碌，很兴奋。他的已经"退居二线"的父亲也一起出动。过了这几天，糖坊又归于清淡。蒌蒿薹子可以在店堂里"坐"着，或抄了两手在大糖锅前踱来踱去。

蒌蒿薹子是我们的同学里最没有野心、最没有幻想、最安分知足的。虚岁二十，就结了婚。隔一年，得了一个儿子。而且，那么早就发胖了。

王居

我所以记得王居，一是我觉得王居这个名字很好玩——有什么好玩呢？说不出个道理；二是，他有个毛病，上体育的时候，齐步走，一顺边——左手左脚一齐出，右手右脚一齐出。

王居家是开豆腐店的，豆腐店是不大的买卖。北门外共有三家豆腐店。一家马家豆腐店，一家顾家豆腐店，都穷，房屋残破，用具发黑。顾家豆腐店因为顾老头有一个很风流的女儿而为人所知（关于她，是可以写一篇小说的）。只有王居家的"王记豆腐店"却显得气象兴旺。磨浆的磨子、卖浆的锅、吊浆的布兜，都干干净净。盛豆腐的木格刷洗得露出木丝。什么东西都好像是新置的。王居的父亲精精神神，母亲也是随时都光梳头，净洗脸，衣履整齐。王家做出来的豆腐比别家的白、细，百叶薄如高丽纸，豆腐皮无一张破损。"王记"豆腐方干齐整紧细，有韧性，切"干丝"最好，北城几家茶馆，五柳园、小蓬莱、胡小楼，常年到"王记"买豆腐干。因此街邻们议论：小买卖发大财。

一个豆腐店，"发"也发不到哪里去。但是王居小学毕业后读了初中。我们同了九年学。王居上了初中，还是改不了他那老毛病，齐步走，一顺边。

王居初中毕业后，是否升学读了高中，我就不清楚了。

萧萧

沈从文

萧萧做媳妇时年纪十二岁，有一个小丈夫，年纪还不到三岁。丈夫比她年少九岁，断奶还没多久。

乡下人吹唢呐接媳妇，到了十二月是成天有的事情。

唢呐后面一顶花轿，四个佚子平平稳稳地抬着。轿中人被铜锁锁在里面，虽穿了平时没上过身的体面红绿衣裳，也仍然得荷荷大哭。在这些小女人心中，做新娘子，从母亲身边离开，且准备做他人的母亲，从此必然将有许多新事情等待发生。像做梦一样，将同一个陌生男子汉在一个床上睡觉，做着承宗接祖的事情，这些事想起来，当然有些害怕，所以照例觉得要哭，就哭了。

也有做媳妇不哭的人。萧萧做媳妇就不哭。这女人没有母亲，从小寄养到伯父种田的庄子上，终日提个小竹兜笼，在路旁田坎捡狗屎挑野菜。出嫁只是从这家转到那家。因此到那一天，这女人还只是笑。她又不害羞，又不怕。她是什么事也不知道，就做了人家的新媳妇了。

萧萧做媳妇时年纪十二岁，有一个小丈夫，年纪还不到三岁。丈夫比她年少九岁，断奶还没多久。按地方规矩，过了门，她喊他作弟弟。她每天应做的事是抱弟弟到村前柳树下去玩，到溪边去玩，饿了，喂东西吃，哭了，就哄他，摘南瓜花或狗尾草戴到小丈夫头上，或者亲嘴，一面说："弟弟，哪，啵。再来。啵。"在那满是肮脏的小脸上亲了又亲，孩子于是便笑了。孩子一欢喜，行动粗野起来，会用短短的小手乱抓萧萧的头发。那是平时不大能收拾蓬蓬松松在头上的黄发。有时，垂到脑后那条小辫儿被拉得太久，把红绒线结也弄松了，生气了，就捺那弟弟几下，弟弟自然哇地哭出声来，萧萧于是也装成要哭的样子，用手指着弟弟的哭脸，说："哪，人不讲理，可不行！"

天晴雨落日子混下去，每日抱抱丈夫，也帮家中做点杂事，能动手的就动手。又时常到溪沟里去洗衣，搓尿片，一面还捡拾有花纹的田螺给坐到身边的小丈夫玩。到了夜里睡觉，便常常做这种年龄的人所做过的梦，梦到后门角落或别的什么地方捡得大把大把铜钱，吃好东西，爬树，自己变成鱼到水中各处溜，或一时仿佛身子很小很轻，飞到天上众星中，没有一个人，只是一片白，一片金光，于是大喊："妈！"人就吓醒了。醒来心还只是跳。吵了隔壁的人，不免骂着："疯子，你想什么！白天玩得疯，晚上就做梦！"萧萧听着却不作声，只是咕咕地笑。也有很好很爽快的梦，为丈夫哭醒的事情。那丈夫本来晚上在自己母亲身边睡，吃奶方便，有时吃多了奶，或因另外情形，半夜大哭，起来放水拉稀是常有的事。丈夫哭到婆婆无可奈何，于是萧萧轻手轻脚爬起床来，睡眼蒙眬，走到床边，把人抱起，给他看月亮，看星光。或者互相觑着，孩子气的"嗨嗨，看猫呵"，那样喊着哄着。于是丈夫笑了。玩了一会儿，困倦起来，慢慢地合上眼。人睡了，放上床，站在床边看着，听远处一传一递的鸡叫，知道天快到什么时候了。于是仍然蜷到小床上睡去。天亮了，虽不做梦，却可以无意中闭眼开眼，看一阵在面前空中变幻无端的黄边紫芯葵花，那是一种真正的享受。

萧萧嫁过了门，做了拳头大的丈夫的媳妇，一切并不比先前受苦，这只看她一年来身体发育就可明白。风里雨里过日子，像一株长在园角落不为人注意的蓖麻；大叶大枝，日增茂盛。这小女人简直是全不为丈夫设想那么似的，一天比一天长大起来了。

夏夜光景说来如做梦。大家饭后坐到院中心歇凉，挥摇蒲扇，看天上的星同屋角的萤，听南瓜棚上纺织娘子咯咯咯拖长声音纺车，远近声音繁密如落雨，禾花风翛翛吹到脸上，正是让人在各种方便中说笑话的时候。

萧萧好高，一个人常常爬到草料堆上去，抱了已经熟睡的丈夫在怀里，轻轻地轻轻地随意唱着那自编的四句头山歌，唱来唱去却把自己也催眠起来，快要睡去了。

在院坝中，公公婆婆、祖父祖母，另外还有帮工汉子两个，散乱地坐在小板凳上摆龙门阵学古，轮流下去打发上半夜。

祖父身边有个烟包，在黑暗中放光。这用艾蒿做成的烟包，是驱逐长脚蚊的得力东西，蜷在祖父脚边，犹如一条乌梢蛇。间或拿起来晃那么几下。

想起白天场上的事，祖父开口说话：

"我听三金说，前天又有女学生过身。"

大家就哄然笑了起来。

这笑的意义何在？只因为大家都知道女学生没有辫子，留下个鹌鹑尾巴，像个尼姑，又不完全像。穿的衣服像洋人，又不是洋人，吃的、用的……总而言之，事事不同，一想起来就觉得怪可笑！

萧萧不大明白，她不笑。所以老祖父又说话了。他说：

"萧萧，你长大了，将来也会做女学生！"

大家于是更哄然大笑起来。

萧萧为人并不愚蠢，觉得这一定是不利于己的一件事情，所以接口便说：

"爷爷，我不做女学生。"

"你像个女学生，不做可不行。"

"我一定不做。"

众人有意取笑，异口同声地说："萧萧，爷爷说得对，你非做女学生不行！"

萧萧急得无可奈何。"做就做，我不怕。"其实做女学生有什么不好，萧萧全不知道。

女学生这东西，在本乡的确永远是奇闻。每年一到六月天，据说放"水假"日子一到，照例便有三三五五女学生，由一个荒谬不经的热闹地方来，到另一个远地方去，取道从本地过身，从乡下人眼中看来，这些人皆近于另一世界中活下的人，装扮奇奇怪怪，行为更不可思议。这种女学生过身时，使一村人都可以说一整天的笑话。

祖父是当地一个人物，因为想起所知道的女学生在大城中的生活情形，所以说笑话要萧萧也去做女学生。一面听到这话，就感觉一种打哈哈趣味，一面还有那被说的萧萧感觉一种惶恐，说这话的不为无意义了。

女学生由祖父方面所知道的是这样一种人：她们穿衣服不管天气冷暖，吃东西不问饥饱，晚上交到子时才睡觉，白天正经事全不做，只知唱歌打球，读洋书。她们都会花钱，一年用的钱可以买十六只水牛。她们在省里京里想往什么地方去时，不必走路，只要钻进一个大匣子中，那匣子就可以带她到地方。城市中还有各种各样的大小不同的匣子，都用机器开动。她们在学校，男女在一处上课读书，人熟了，就随意同那男子睡觉，不要媒人，也不要彩礼，名叫"自由"。她们也做州县官，带家眷上任，男子仍然喊作"老爷"，小孩子叫"少爷"。她们自己不养牛，却吃牛奶羊奶，如小牛小羊，买那奶时是用铁罐子盛的。她们无事时到一个唱戏地方去，那地方完全像个大庙，从衣袋中取出一块洋钱来（那洋钱在乡下可买五只母鸡），买了一小方纸片，拿了那纸片到里面去，就可以坐下看洋人扮演影子戏。她们被冤了，不赌咒，不哭。她们年纪有老到二十四岁还不肯嫁人的，有老到三十四十还好意思嫁人的。她们不怕男子，男子不能使她们受委屈，一受委屈就上衙门打官司，要官罚男子的款，这笔钱她们有时独占，自己花用，有时和官平分。她们不洗衣煮饭，也不养猪喂鸡，有了小孩子，也只花五块钱或十块钱一月，雇个人专管小孩，自己仍然整天看戏打牌，或者读那些没有用处的闲书……

总而言之，说来事事都稀奇古怪，和庄稼人不同，有的简直还可以说岂有此理。这时经祖父一为说明，听过这话的萧萧，心中却忽然有了一种模模糊糊的愿望，以为倘若她也是个女学生，她是不是照祖父说的女学生一个样子去做那些事情？不管好歹，女学生并不可怕，因此一来，却已为这乡下姑娘初次体念到了。

因为听祖父说起女学生是怎样的人物，到后萧萧独自笑得特别久。笑够了时，她说：

"爷爷，明天有女学生过路，你喊我，我要看看。"

"你看，她们捉你去做丫头。"

"我不怕她们。"

"她们读洋书念经你也不怕？"

"念观音菩萨消灾经，念紧箍咒，我都不怕。"

"她们咬人，和做官的一样，专吃乡下人，吃人骨头渣渣也不吐，你不怕？"

萧萧肯定地回答说："也不怕。"

可是这时节萧萧手上所抱的丈夫，不知为什么，在睡梦中哭了，于是媳妇用作母亲的声势，半哄半吓地说：

"弟弟，弟弟，不许哭，不许哭，女学生咬人来了。"

丈夫仍然哭着，得抱起各处走走。萧萧抱着丈夫离开了祖父，祖父同人说另外一样古话去了。

萧萧从此以后心中有个"女学生"。做梦也便常常梦到女学生，且梦到同这些人并排走路。仿佛也坐过那种自己会走路的匣子，她又觉得这匣子并不比自己跑路更快。在梦中那匣子的形体同谷仓差不多，里面还有小小灰色老鼠，眼珠子红红的，各处乱跑，有时钻到门缝里去，把个小尾巴露在外边。

因为有这样一段经过，祖父从此喊萧萧不喊"小丫头"，不喊"萧萧"，却唤作"女学生"。在不经意中萧萧答应得很好。

乡下的日子也如世界上一般日子，时时不同。世界上人把日子糟蹋，和萧萧一类人家把日子吝惜是同样的，各有所得，各属分定。许多城市中文明人，把一个夏天全消磨到软绸衣服、精美饮料以及种种好事情上面。萧萧的一家，因为一个夏天的劳作，却得了十多斤细麻，二三十担瓜。

做小媳妇的萧萧，一个夏天中，一面照料丈夫，一面还绩了细麻四斤。秋八月工人摘瓜，在瓜间玩，看硕大如盆、上面满是灰粉的大南瓜，成排成堆摆到地上，很有趣味。时间到摘瓜，秋天真的已来了，院子中各处有从屋后林子里树上吹来的大红大黄木叶。萧萧在瓜旁站定，手拿木叶一束，为丈夫编小笠帽玩。

工人中有个名叫花狗，年纪二十三岁，抱了萧萧的丈夫到枣树下去打枣子。小小竹竿打在枣树上，落枣满地。

"花狗大，莫打了，太多了吃不完。"

虽这样喊，还不歇手。到后，仿佛完全因为丈夫要枣子，花狗才不听话。萧萧于是又警告她那小丈夫：

"弟弟，弟弟，来，不许捡了。吃多了生东西肚子痛！"

丈夫听话，兜了一堆枣子向萧萧身边走来，请萧萧吃枣子。

"姊姊吃，这是大的。"

"我不吃。"

"要吃一颗！"

她两手哪里有空！木叶帽正在制边。工夫要紧，还正要个人帮忙！

"弟弟，把枣子喂我口里。"

丈夫照她的命令做事，做完了觉得有趣，哈哈大笑。

她要他放下枣子帮忙捏紧帽边，便于添加新木叶。

丈夫照她吩咐做事，但老是顽皮地摇动，口中唱歌。这孩子原来像一只猫，欢喜时就得捣乱。

"弟弟，你唱的是什么？"

"我唱花狗大告我的山歌。"

"好好地唱一个给我听。"

丈夫于是帮忙拉着帽边，一面就唱下去，照所记到的歌唱：

> 天上起云云起花，
>
> 苞谷林里种豆荚，
>
> 豆荚缠坏苞谷树，
>
> 娇妹缠坏后生家。
>
> 天上起云云重云，
>
> 地下埋坟坟重坟，
>
> 娇妹洗碗碗重碗，
>
> 娇妹床上人重人。

歌中意义丈夫全不明白，唱完了就问萧萧好不好。萧萧说好，并且问跟谁学来的。她知道是花狗教他的，却故意盘问他。

"花狗大告我，他说还有好多歌，长大了再教我唱。"

听说花狗会唱歌，萧萧说：

"花狗大，花狗大，您唱一个正经好听的歌我听听。"

那花狗，面如其心，生长得不很正气，知道萧萧要听歌，人也快到听歌的年龄了，就给她唱"十岁娘子一岁夫"。那故事说的是妻年纪大，可以随便到外面做一点不规矩事情，夫年纪小，只知吃奶，让他吃奶。这歌丈夫完全不懂，懂到一点的是萧萧，把歌听过后，萧萧装成"我全明白"那种神气，她用生气的样子，对花狗说：

"花狗大，这个不行，这是骂人的歌！"

花狗分辩说："不是骂人的歌。"

"我明白，是骂人的歌。"

花狗难得多说话，歌已经唱过了，错了赔礼，只有不再唱。他看她已经有点懂事了，怕她回头告祖父，就把话支吾开，扯到"女学生"上头去。他问萧萧，看没看过女学生习体操唱洋歌的事情。

若不是花狗提起，萧萧几乎已忘却了这事情。这时又提到女学生，她问花狗近来有没有女学生过路，她想看看。

花狗一面把南瓜从棚架边抱到墙角去，告她女学生唱歌的事情，这些事的来源还是萧萧的那个祖父。他在萧萧面前说了点大话，说他曾经到官路上见过四个女学生，她们都拿旗子，走长路流汗喘气之中仍然唱歌，同军人所唱的一模一样。不消说，这自然完全是胡诌的。可是那故事把萧萧可乐坏了。因为花狗说这个就叫作"自由"。

花狗是起眼动眉毛、一打两头翘、会说会笑的一个人。听萧萧带着歆羡口气说："花狗大，你膀子真大。"他就说："我不止膀子大。"

"你身个子也大。"

"我全身无处不大。"

萧萧还不大懂得这个话的意思，只觉得憨而好笑。

到萧萧抱了她的丈夫走去以后，同花狗在一起摘瓜，取名字叫哑巴的，开了平时不常开的口。

"花狗，你少坏点。人家是黄花女！"

花狗不作声，打了那伙计一掌，走到枣树下捡落地枣去了。

到摘瓜的秋天，日子计算起来，萧萧过丈夫家有一年半了。

几次降霜落雪，几次清明谷雨，一家人都说萧萧是大人了。天保佑，喝冷水，吃粗粝饭，四季无疾病，倒发育得这样快。婆婆虽生来像一把剪子，把凡是给萧萧暴长的机会都剪去了，但乡下的日头同空气都帮助人长大，却不是折磨可以阻拦得住。

萧萧十四岁时已高如成人，心却还是一颗糊糊涂涂的心。

人大了一点，家中做的事也多了一点。绩麻、纺车、洗衣、照料丈夫以外，打猪草、推磨这些事情也要做，还有浆纱织布。凡事都学，学学就会了。乡下习惯凡是行有余力的都可从劳作中攒点本分私房，两三年来仅萧萧个人份儿上所聚集的粗细麻和纺就的棉纱，也够萧萧坐到土机上抛三个月的梭子了。

丈夫早断了奶。婆婆有了新儿子，这五岁儿子就像归萧萧独有了。不论做什么，走到什么地方去，丈夫总跟在身边。丈夫有些方面很怕她，当她如母亲，不敢多事。他们俩实在感情不坏。

地方稍稍进步，祖父的笑话转到"萧萧你也把辫子剪去好自由"那一类事上去了。听着这话的萧萧，某个夏天也看过一次女学生了。虽不对祖父笑话认真，可是每一次在祖父说过这笑话以后，她到水边去，必不自觉地用手捏着辫子末梢，设想没有辫子的人那种神气、那点趣味。

因为打猪草，带丈夫上螺蛳山的山阴是常有的事。

小孩子不知事，听别人唱歌也唱歌。一开腔唱歌，就把花狗引来了。

花狗对萧萧生了另外一种心，萧萧有点明白了，常常觉得惶恐不安。但花狗是男子，凡是男子的美德、恶德都不缺少，劳动力强，手脚勤快，又会玩会说，所以一面使萧萧的丈夫非常欢喜同他玩，一面一有机会即缠在萧萧身边，且总是想方设法把萧萧那点惶恐减去。

山大人小，到处树木蒙茸，平时不知道萧萧所在，花狗就站在高处唱歌逗萧萧身边的丈夫，丈夫小口一开，花狗穿山越岭就来到萧萧面前了。

见了花狗，小孩子只有欢喜，不知其他。他原要花狗为他编草虫玩，做竹箫哨子玩，花狗想方法支使他到一个远处去找材料，便坐到萧萧身边来，要萧萧听他唱那使人开心红脸的歌。她有时觉得害怕，不许丈夫走开；有时又像有了花狗在身边，打发丈夫走去反倒好一点。终于有一天，萧萧就这样给花狗把心窍子唱开，变成个妇人了。

那时节，丈夫走到山下采刺莓去了，花狗唱了许多歌，到后却向萧萧唱：

娇家门前一重坡，别人走少郎走多，铁打草鞋穿烂了，不是为你为哪个？

末了却向萧萧说："我为你睡不着觉。"他又说他赌咒不把这事情告给人。听了这些话仍然不懂什么的萧萧，眼睛只注意到他那一对粗粗的手膀子，耳朵只注意到他最后一句话。末了花狗大便又唱了许多歌给她听，她心里乱了。她要他当真对天赌咒，赌了咒，一切好像有了保障，她就一切尽他了。到丈夫返身时，手被毛毛虫蜇伤，肿了一大片，走到萧萧身边，萧萧捏紧这一只小手，且用口去呵它，吮它，想起刚才的糊涂，才仿佛明白做了一点不大好的糊涂事。

花狗诱她做坏事情是麦黄四月，到六月，李子熟了，她欢喜吃生李子。她觉得身体有点特别，在山上碰到花狗，就将这事情告诉他，问他怎么办。

讨论了多久，花狗全无主意。虽以前自己当天赌了咒，也仍然无主意。原来这家伙个子大，胆量小，个子大容易做错事，胆量小做了错事就想不出办法。

到后，萧萧捏着自己那条乌梢蛇似的大辫子，想起城里了。她说：

"花狗大，我们到城里去自由，帮帮人过日子，不好吗？"

"那怎么行？到城里去做什么？"

"我肚子大了。"

"我们找药去。场上有郎中卖药。"

"你赶快找药来，我想……"

"你想逃到城里去自由，不成的。人生面不熟，讨饭也有规矩，不能随便！"

"你这没有良心的，你害了我，我想死！"

"我赌咒不辜负你。"

"负不负我有什么用？帮我个忙，拿去肚子里这块肉吧。我害怕！"

花狗不再作声，过了一会儿，便走开了。不久丈夫从他处拿了大把山里红果子回来，见萧萧一个人坐在草地上，眼睛红红的，丈夫心中纳罕。看了一会儿，问萧萧：

"姊姊，为什么哭？"

"不为什么，灰尘落到眼睛里，痛。"

"我吹吹吧。"

"不要吹。"

"你瞧我，得这些、这些。"

他把从溪中捡来的小蚌、小石头陈列在萧萧面前，萧萧泪眼婆婆地看了一会儿，勉强笑着说："弟弟，我们要好，我哭你莫告家中，告我可要生气。"到后这事情家中当真就无人知道。

过了半个月，花狗不辞而行，把自己所有的衣裤都拿去了。祖父问同住的哑巴知不知道他为什么走路，走哪儿去。是上山落草，还是作薛仁贵投军？哑巴只是摇头，说，花狗还欠了他两百钱，临走时话都不留一句，为人少良心。哑巴说他自己的话，并没有把花狗走的理由说明，因此这一家稀奇一整天，谈论一整天。不过这工人既不偷走物件，又不拐带别的，这事过后不久自然也就把他忘掉了。

萧萧仍然是往日的萧萧。她能够忘记花狗就好了。但是肚子真有些不同了，肚中东西总在动，使她常常一个人干着急，尽做怪梦。

她脾气坏了一点，这坏处只有丈夫知道，因为她对丈夫似乎严厉苛刻了好些。

仍然每天同丈夫在一处，她的心，想到的事自己也不十分明白。她常想，我现在死了，什么都好了。可是为什么要死？她还很高兴活下去，愿意活下去。

家中人不论谁在无意中提起关于丈夫弟弟的话，提起小孩子，提起花狗，都像使这话如拳头，在萧萧胸口上重重一击。

到八月，她担心人知道更多了，引丈夫庙里去玩，就私自许愿，吃了一大把香灰。吃香灰时被她丈夫见到了，丈夫说这是做什么，萧萧就说肚子痛，应当吃这个。虽说求菩萨，许愿，菩萨当然没有如她的希望，肚子中长大的东西仍在慢慢地长大。

她又常常往溪里去喝冷水，给丈夫见到了，丈夫问她，她就说口渴。

一切她所想到的方法都没有能够使她与自己不欢喜的东西分开。大肚子只有丈夫一人知道，他却不敢告这件事给父母晓得。

因为时间长久，年龄不同，丈夫有些时候对于萧萧的怕同爱，比对父母还深切。

她还记得那花狗赌咒那一天里的事情，如同记着其他事情一样。到秋天，屋前屋后毛毛虫都结茧，成了各种好看的蝶蛾，丈夫像故意折磨她一样，常常提起几个月前被毛毛虫所蜇的话，使萧萧心里难过。她因此极恨毛毛虫，见了那小虫就想用脚去踹。

有一天，又听人说有好些女学生过路，听过这话的萧萧，睁了眼做过一阵梦，愣愣地对日头出处痴了半天。

萧萧步花狗后尘，也想逃走，收拾一点东西预备跟了女学生走的那条路上城。但没有动身，就被家里人发觉了。

家中追究这逃走的根源，才明白这个十年后预备给小丈夫生儿子继香火的萧萧肚子已被另外一个人抢先下了种。这真是了不得的一件大事！一家人的平静生活为这一件事全弄乱了。生气的生气，流泪的流泪，骂人的骂人，各按本分乱下去。悬梁，投水，吃毒药，被禁困的萧萧，诸事漫无边际地全想到了，究竟年纪太小，舍不得死，却不曾做。于是祖父从现实出发，想出了个聪明主意，把萧萧关在房里，派人好好看守着，请萧萧本族的人来说话，看是沉潭还是发卖。萧萧家中人要面子，就沉潭淹死她，舍不得就发卖。萧萧只有一个伯父，在近处庄子里为人种田，去请他时先还以为是吃酒，到了才知道是这样丢脸事情，弄得这忠厚老实的家长手足无措。

大肚子做证，什么也没有可说。照习惯，沉潭多是读过"子曰"的族长爱面子才做出的蠢事。伯父不读"子曰"，不忍把萧萧当牺牲，萧萧当然应当嫁作"二路亲"了。

这也是一种处罚，好像也极其自然，照习惯受损失的是丈夫家里，然而却可以在发卖上收回一笔钱，当作赔偿损失。那伯父把这事情告给了萧萧，就要走路。萧萧拉着伯父衣角不放，只是幽幽地哭。伯父摇了一会儿头，一句话不说，仍然走了。

一时没有相当的人家来要萧萧，送到远处也得有人，因此暂时就仍然在丈夫家中住下。这件事情既已经说明白，照乡下规矩，倒又像不那么要紧，只等待处分，大家反而释然了。先是小丈夫不能再同萧萧在一处，到后又仍然如月前情形，姊弟一般有说有笑地过日子了。

丈夫知道了萧萧肚子中有儿子的事情，又知道因为这样萧萧才应当嫁到远处去。但是丈夫并不愿意萧萧去，萧萧自己也不愿意去，大家全莫名其妙，只是照规矩像逼到要这样做，不得不做。

在等候主顾来看人，等到十二月，还没有人来，萧萧只好在这人家过年。

萧萧次年二月间，十月满足坐草生了一个儿子，团头大眼，声响洪壮，大家把母子二人照料得好好的，照规矩吃蒸鸡同江米酒补血，烧纸谢神。一家人都欢喜那儿子。

生下的既是儿子，萧萧不嫁别处了。

到萧萧正式同丈夫拜堂圆房时，儿子已经年纪十岁，能看牛割草，成为家中生产者一员了。平时喊萧萧丈夫作大叔，大叔也答应，从不生气。

这儿子名叫牛儿。牛儿十二岁时也接了亲，媳妇年长六岁。

媳妇年纪大，才能诸事做帮手，对家中有帮助。唢呐吹到门前时，新娘在轿中呜呜地哭着，忙坏了那个祖父、曾祖父。

这一天，萧萧抱了自己新生的毛毛，却在屋前榆蜡树篱笆看热闹，同十年前抱丈夫一个样子。

我的一位
国文老师

梁实秋

你是什么东西？我一眼把你望到底！

我在十八九岁的时候，遇见一位国文先生，他给我的印象最深，使我受益也最多，我至今不能忘记他。

　　先生姓徐，名锦澄，我们给他取的绰号是"徐老虎"，因为他凶。他的相貌很古怪，他的脑袋的轮廓是有棱有角的，很容易成为漫画的对象。头很尖，秃秃的，亮亮的，脸型却是方方的，扁扁的，有些像《聊斋志异》绘图中的夜叉的模样。他的鼻子、眼睛、嘴好像是过分地集中在脸上很小的一块区域里。他戴一副墨晶眼镜，银丝小镜框，这两块黑色便成了他脸上最显著的特征。我常给他画漫画，勾一个轮廓，中间点上两块椭圆形的黑块，便惟妙惟肖。他的身材高大，但是两肩总是耸得高高的；鼻尖有一些红，像酒糟的，鼻孔里藏着两筒清水鼻涕，不时地吸溜着，说一两句话就要用力地吸溜一声，有板有眼有节奏，也有时忘了吸溜，走了板眼，上唇上便亮晶晶地吊出两根玉箸，他用手背一抹。他常穿的是一件灰布长袍，好像是在给谁穿孝，袍子在整洁的阶段时我没有赶得上看见，余生也晚，我看见那袍子的时候即已油渍斑斓。他经常是仰着头，迈着八字步，两眼望青天，嘴撇得瓢儿似的。我很难得看见他笑，如果笑起来，是狞笑，样子更凶。

我的学校是很特殊的。上午的课全是用英语讲授，下午的课全是国语讲授。上午的课很严，三日一问，五日一考，不用功便要被淘汰，下午的课稀松，成绩与毕业无关。所以每到下午上国文之类的课程，学生们便不踊跃，课堂上常是稀稀拉拉的，不大上座儿，但教员用拿毛笔的姿势举着铅笔点名的时候，学生却个个都到了，因为一个学生不只答一声到。真到了的学生，一部分从事午睡，微发鼾声，一部分看小说如《官场现形记》《玉梨魂》之类，一部分写"父母亲大人膝下"式的家书，一部分干脆瞪着大眼发呆，神游八表。有时候逗先生开玩笑。国文先生呢，大部分都是年高有德的，不是榜眼，就是探花，再不就是举人。他们授课也不过是奉行公事，乐得敷敷衍衍。在这种糟糕的情形之下，徐老先生之所以凶，老是绷着脸，老是开口就骂人，我想大概是由于正当防卫吧。

有一天，先生大概是多喝了两盅，摇摇摆摆地进了课堂。这一堂是作文，他老先生拿起粉笔在黑板上写了两个字，题目尚未写完，当然照例要吸溜一下鼻涕。就在这吸溜之际，一位性急的同学发问了："这题目怎样讲呀？"老先生转过身来，冷笑两声，勃然大怒："题目还没有写完，写完了当然还要讲，没写完你为什么就要问？——"滔滔不绝地吼叫起来，大家都为之愕然。这时候我可按捺不住了。我一向是个上午捣乱下午安分的学生，我觉得现在受了无理的侮辱，我便挺身分辩了几句。这一下我可惹了祸，老先生把他的怒火都泼在我的头上了。他在讲台上来回踱着，吸溜一下鼻涕，骂我一句，足足骂了我一个钟头，其中警句甚多，我至今还记得这样的一句：

"×××！你是什么东西？我一眼把你望到底！"这几句颇为同学们所传诵。谁和我有点争论遇到纠缠不清的时候，都会引用这几句"你是什么东西？我一眼把你望到底！"当时我看形势不妙，也就没有再多说，让下课铃结束了先生的怒骂。

但是从这一次起，徐先生算是认识我了。酒醒之后，他给我批改作文特别详尽。批改之不足，还特别地当面加以解释。我这一个"一眼望到底"的学生，居然成为一个受益最多的学生了。

徐先生自己选辑教材，有古文，有白话，油印分发给大家。《林琴南致蔡孑民书》是他讲得最为眉飞色舞的一篇。此外如吴敬恒的《上下古今谈》、梁启超的《欧游心影录》，以及张东荪的《时事新报》社论，他也选了不少。这样新旧兼收的教材，在当时还是很难得的开通的榜样。我对于国文的兴趣因此而提高了不少。徐先生讲国文之前，先要介绍作者，而且介绍得很亲切，例如他讲张东荪的文字时，便说："张东荪这个人，我倒和他一桌上吃过饭……"这样的话是相当地可以使学生们吃惊的。吃惊的是，我们的国文先生也许不是一个平凡的人吧，否则怎样能够和张东荪一桌上吃过饭！

徐先生于介绍作者之后，朗诵全文一遍。这一遍朗诵可很有意思。他打着江北的官腔，咬牙切齿地大声读一遍，不论是古文或白话，一字不苟地吟咏一番，好像是演员在背台词，他把文字里的蕴藏着的意义好像都给宣泄出来了。他念得有腔有调，有板有眼，有情感，有气势，有抑扬顿挫，我们听了之后，好像是已经理会到原文的意义的一半了。好文章掷地作金石声，那也许是过分夸张，但必须可以朗朗上口，那却是真的。

徐先生之最独到的地方是改作文。普通的批语"清通""尚可""气盛言宜"，他是不用的。他最擅长的是用大墨杠子大勾大抹，一行一行地抹，整页整页地勾；洋洋千余言的文章，经他勾抹之后，所余无几了。我初次经此打击，很灰心，很觉得气短，我掏心挖肝地好容易诌出来的句子，轻轻地被他几杠子就给抹了。但是他郑重地给我解释一会儿，他说："你拿了去细细地体味，你的原文是软趴趴的，冗长，懒啦光唧的，我给你勾掉了一大半，你再读读看，原来的意思并没有失，但是笔笔都立起来了，虎虎有生气了。"我仔细一揣摩，果然。他的大墨杠子打得是地方，把虚泡囊肿的地方全削去了，剩下的全是筋骨。在这删削之间见出他的功夫。如果我以后写文章还能不多说废话，还能有一点点硬朗挺拔之气，还知道一点"割爱"的道理，就不能不归功于我这位老师的教诲。

徐先生教我许多作文的技巧。他告诉我，"作文忌用过多的虚字"，该转的地方，硬转；该接的地方，硬接，文章便显着朴拙而有力。他告诉我，文章的起笔最难，要突兀矫健，要开门见山，要一针见血，才能引人入胜，不必兜圈子，不必说套语。他又告诉我，说理说至难解难分处，来一个譬喻，则一切纠缠不清的论难都迎刃而解了，何等经济，何等手腕！诸如此类的心得，他传授我不少，我至今受用。

我离开先生已将近五十年了，未曾与先生一通音信，不知他云游何处，听说他已早归道山了。同学们偶尔还谈起"徐老虎"，我于回忆他的音容之余，不禁地还怀着怅惘敬慕之意。

想我的母亲

梁实秋

母亲说我乖，也说我孤僻。

如今想想，一个人能有多少时间可以偎在母亲身旁？

父母对子女的爱，子女对父母的爱，是神圣的。我写过一些杂忆的文字，不曾写过我的父母，因为关于这个题目我不敢轻易下笔。小民女士逼我写几句话，辞不获已，谨先略述二三小事以应，然已临文不胜风木之悲。

我的母亲姓沈，杭州人。世居城内上羊市街。我在幼时曾侍母归宁，时外祖母尚在，年近八十。外祖父入学后，没有更进一步的功名，但是课子女读书甚严。我的母亲教导我们读书启蒙，尝说起她小时苦读的情形。她同我的两位舅父一起冬夜读书，冷得腿脚僵冻，取大竹篓一，实以败絮，三个人伸足其中以取暖。我当时听得惕然心惊，遂不敢荒嬉。我的母亲来我家时年甫十八九，以后操持家务尽瘁终身，不复有暇进修。

我同胞兄弟姊妹十一人，母亲的煦育之劳可想而知。我记得我母亲常于百忙之中抽空给我们几个较小的孩子们洗澡。我怕肥皂水流到眼里，我怕痒，总是躲躲闪闪，总是咯咯地笑个不住，母亲没有工夫和我们纠缠，随手一巴掌打在身上，边洗边打边笑。

北方的冬天冷，屋里虽然有火炉，睡时被褥还是凉似铁。尤其是钻进被窝之后，脖子后面透风，冷气顺着脊背吹了进来。我们几个孩子睡一个大炕，头朝外，一排四个被窝。母亲每晚看到我们钻进了被窝，吱吱喳喳地笑语不停，便走过来把油灯吹熄，然后给我们一个个地把脖子后面的棉被塞紧，被窝立刻暖和起来，不知不觉地就睡着了。我不知道母亲用的是什么手法，只知道她塞棉被带给我无可言说的温暖舒适，我至今想起来还是快乐的，可是那个感受不可复得了。

我从小不喜欢喧闹。祖父母生日照例院里搭台唱傀儡戏或滦州影戏。一过八点我便掉头而去进屋睡觉。母亲得暇便取出一个大簸箩，里面装的是针线剪尺一类的缝纫器材，她要做一些缝缝补补的工作，这时候我总是一声不响地偎在她的身旁，她赶我走我也不走，有时候竟睡着了。母亲说我乖，也说我孤僻。如今想想，一个人能有多少时间可以偎在母亲身旁？

在我的儿时记忆中，我母亲好像是没有时候睡觉的。天亮就要起来，给我们梳小辫是一桩大事，一根一根地梳个没完。她自己要梳头，我记得她用一把抿子蘸着刨花水，把头发弄得锃光大亮。然后她要一听上房有动静便急忙前去当差。盖碗茶、燕窝、莲子、点心，都有人预备好了，但是需要她去双手捧着送到祖父母跟前，否则要儿媳妇做什么？在公婆面前，儿媳妇是永远站着，没有座位的。足足地站几个钟头下来，不是缠足的女人怕也受不了！最苦的是，公婆年纪大，不过午夜不安歇，儿媳妇要跟着熬夜在一旁侍候。她困极了，有时候回到房里来不及脱衣服倒下便睡着了。虽然如此，母亲从来没有发过一句怨言。到了民元前几年，祖父母相继去世，我母亲才稍得清闲，然而主持家政教养儿女也够她劳苦的了。她抽暇隔几年返回杭州老家去度夏，有好几次都是由我随侍。

母亲爱她的家乡。在北京住了几十年，乡音不能完全改掉。我们常取笑她，例如，北京的"京"，她说成"金"，她有时也跟我们学，总是学不好，她自己也觉得好笑。我有时学着说杭州话，她说难听死了，像是门口儿卖笋尖的小贩说的话。

我想一般人都会同意，凡是自己母亲做的菜永远是最好吃的。我的母亲平常不下厨房，但是她高兴的时候，尤其是父亲亲自到市场买回鱼鲜或其他南货的时候，在父亲特烦之下，她也欣然操起刀俎。这时候我们就有福了。我十四岁离家到清华，每星期回家一天，母亲就特别疼爱我，几乎很少例外地要给我炒一盘冬笋木耳韭菜黄肉丝，起锅时浇一勺花雕酒，这是我最喜欢的一道菜。但是这一盘菜一定要母亲自己炒，别人炒味道就不一样了。

我母亲喜欢在高兴的时候喝几盅酒。冬天午后围炉的时候，她常要我们打电话到长发叫五斤花雕，绿釉瓦罐，口上罩着一张毛边纸，温热了倒在茶杯里和我们共饮。下酒的是大落花生，若是有"抓空儿"的，买些干瘪的花生吃则更有味。我和两位姐姐陪母亲一顿吃完那一罐酒。后来我在四川独居无聊，一斤花生一罐茅台当晚饭，朋友们笑我吃"花酒"，其实是我母亲留下的作风。

我自从入了清华，以后和母亲在一起的时候就少了。抗战前后各有三年和母亲住在一起。母亲晚年喜欢听平剧，最常去的地方是吉祥，因为离家近，打个电话给卖飞票的，总有好的座位。我很后悔没能分出时间陪她听戏，只是由我的姐姐弟弟们陪她消遣。

我父亲曾对我说，我们的家所以成为一个家，我们几个孩子所以能成为人，全是靠了我母亲的辛劳维护。一九四九年以后，音讯中断，直等到恢复联系，才知道母亲早已弃养，享年九十岁。西俗，母亲节佩红康乃馨，如不确知母亲是否尚在则佩红白康乃馨各一。如今我只有佩白康乃馨的份儿了，养生送死，两俱有亏，惨痛惨痛！

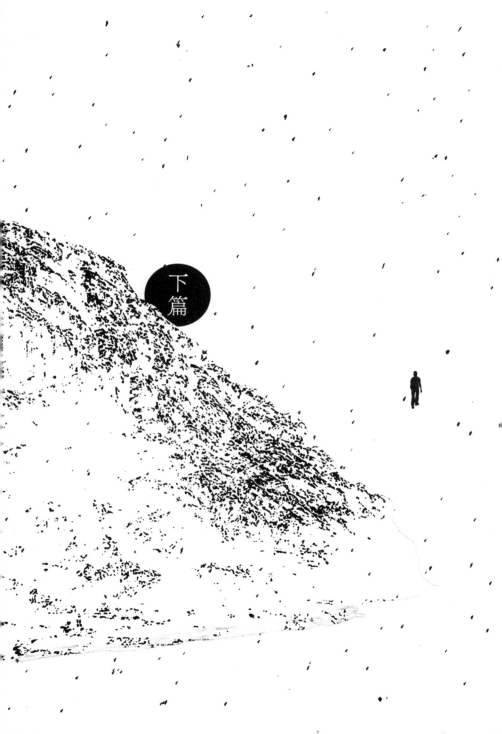

下篇

路上事

事情的真正价值在于它们教会我们的东西，
而不仅仅是它们的结果。

房东与房客

梁实秋

在房东眼里，房客很少有好东西；

在房客眼里，房东根本就没有一个好东西。

狗见了猫，猫见了耗子，全没有好气，总不免怒目相视，龇牙咧嘴，一场格斗了事。上天生物就是这样，生生相克，总得斗。房东与房客，或房客与房东，其间的关系也是同样的不祥。在房东眼里，房客很少有好东西；在房客眼里，房东根本就没有一个好东西。利害冲突，彼此很难维持人与人之间应有的常态。

　　房东的哲学往往是这样的："来看房的那个人，看样子就面生可疑。我的房子能随便租给人？租给他开白面房子怎么办？将来非找个铺保不可。你看他那个神儿！房子的间架矮哩，院子窄哩，地点偏哩，房租贵哩，褒贬得一文不值，好像是谁请他来住似的！你不合适不会不住？我说得清清楚楚，你没有家眷我可不租，他说他有。我问他是干什么的，他死不张嘴，再不就是吞吞吐吐，八成不是好人。可是后来我还是租给他了。他往里一搬，哎呀，怎那么多人口，也不知究竟是几家子？瘪嘴的老太太有好几位，孩子一大串，兔儿爷似的一个比一个高。住了没有几个月，房子糟蹋得不成样子，雪白的墙角上他堆煤，披麻绿油的影壁上画了粉笔的飞机与乌龟，砖缝里的草长了一人多高，沟眼也堵死了，水龙头也歪了，地板上的油漆也磨光了，天花板也熏黑了，玻璃窗也用高丽纸给补了，门环子也掉了……唉，简直是遭劫！房租到期还要拖欠，早一天取固然不成，过几天取也常要碰钉子，'过两天再来吧''下月一起付吧''太太不在家''先付半个月的吧''我们还没有发薪哪，发了薪给你送去'……好，房租取不到，还得白跑道。腿杆儿都跑细了。他不给租钱，还挺横，你去取租的时候，他就叫你蹲在门口儿，砰的一声把大门关上了，好像是你欠他的钱！也有到时候把房租送上门来的，这主儿更难缠，说不定他早做了二房东，他怕我去调查。租人家的房子住人的，有几个是有良心的？……"

　　房客的哲学又是一套："这房东的房子多得很，'吃瓦片儿的'，任事不做，靠房钱吃饭。这房子一点也不合局，我要是有钱绝不租这样的房子，我是凑合着住。一进门就是三份儿，一房一茶一打扫，比阎王还凶。没法子，给你。还要打铺保？我人地生疏，哪里找保去？难道我还能把你的房子吃掉不成？你问我家里人口多不多？你管得着吗？难道房东还带查户口？'不准转租'，我自己还不够住的呢！可是我要把南房腾空转租，你也管不了，反正我不欠你的房租。'不准拖欠'，噫，我要是有钱我绝不拖欠。这个月我迟领了几天薪，房东就三天两头儿地找上门来，好像是有几年没付房钱似的，搅得我一家不安。谁没有个手头儿发窘？何苦！房钱错了一天也不行，急如星火，可是那天下雨房漏了，打了八次电话，他也不派人来修，把我的被褥都湿脏了，阴沟堵住了，院里积了一汪子水，也不来修。门环掉了，都是我自己找人修的。他还觍着脸催房钱！无耻！我住了这样久，没糟蹋你一间房子，墙、柱子都好好的，没摘过你一扇门、一扇窗子，还要怎样？这样的房客你哪里找去？……"

房东房客如此之不相容，租赁的关系不是很容易决裂的吗？啊不，比离婚还难。房东虽然不好，房子还是要住的；房客虽然不好，房子不能不由他住。主客之间永远是紧张的，谁也不把谁当作君子看。

这还是承平时代的情形。在通货膨胀的时代，双方的无名火都提高了好几十丈，提起对方的时候恐怕牙都要发痒。

房东的哲学要追加这样一部分："你这几个房钱够干什么的？你以后不必给房钱了，每个月给我几个烧饼好了。一开口就是'老房客'，老房客就该白住房？你也打听打听现在的市价，顶费要几条几条的，房租要一袋一袋的，我的房租不到市价的十分之一，人不可没有良心。你嫌贵，你别处租租试试看。你说年头不好，你没有钱，你可以住小房呀！谁叫你住这么大的一所？没有钱，就该找三间房忍着去，你还要场面？你要是一个钱都没有，就该白住房吗？我一家子指着房钱吃饭哪！你也不是我的儿子，我为什么让你白住？……"

房客方面也追加理由如下："我这么多年没欠过租，我们的友谊要紧。房钱不是没有涨过，我自动地还给你涨过一次呢，要说是市价一间一袋的话，那不合法，那是高抬物价，市侩作风，说到哪里也是你没理。人不可不知足，你要涨到多少才叫够？我的薪水也并没有跟着物价涨。才几个月的工夫，又啰唣着要涨房租，亏你说得出口！你是房东，资产阶级，你不知没房住的苦，何必在穷人身上打算盘？不用废话了，等我的薪水下次调整，也给你加一点，多少总得加你一点，这个月还是这么多，你爱拿不拿！你不拿，我放在提存处去，不是我欠租。……"

闹到这个地步，关系该断绝了吧？啊不。房客赌气搬家，不，这个气赌不得，赌财不赌气。房东撵房客搬家，更不行，撵人搬家是最伤天害理的事，谁也不同情，而且事实上也撵不动，房客像是生了根一般。打官司吗？房东心里明白：请律师递状，开庭，试行和解，开庭辩论，宣判，二审，三审，执行，这一套程序不要两年也得一年半，不合算。没法子，怄吧。房东和房客就这样地在怄着。

世界上就没有人懂得一点宾主之谊，客客气气，好来好散的吗？有。不过那是在"君子国"里。

骂人的艺术

梁实秋

有因为骂人挨嘴巴的，有因为骂人吃官司的，
有因为骂人反被人骂的，这都是不会骂人的缘故。

古今中外没有一个不骂人的人。骂人就是有道德观念的意思，因为在骂人的时候，至少在骂人者自己总觉得那人有该骂的地方。何者该骂，何者不该骂，这个抉择的标准，是极道德的。所以根本不骂人，大可不必。骂人是一种发泄感情的方法，尤其是那一种怨怒的感情。想骂人的时候而不骂，时常在身体上弄出毛病，所以想骂人时，骂骂何妨？

但是，骂人是一种高深的学问，不是人人都可以随便试的。有因为骂人挨嘴巴的，有因为骂人吃官司的，有因为骂人反被人骂的，这都是不会骂人的缘故。今以研究所得，公诸同好，或可为骂人时之一助乎？

（一）知己知彼

骂人是和动手打架一样的，你如其敢打人一拳，你先要自己忖度下，你吃得起别人的一拳否。这叫作知己知彼。骂人也是一样。譬如你骂他是"屈死"，你先要反省，自己和"屈死"有无分别。你骂别人荒唐，你自己想想曾否吃喝嫖赌。否则别人回敬你一两句，你就受不了。所以别人有着某种短处，而足下也正有同病，那么你在骂他的时候只得割爱。

（二）无骂不如己者

要骂人须要挑比你大一点的人物，比你漂亮一点的或者比你坏得万倍而比你得势的人物。总之，你要骂人，那人无论在好的一方面或坏的一方面都要能胜过你，你才不吃亏的。你骂大人物，就怕他不理你，他一回骂，你就算骂着了。在坏的一方面胜过你的，你骂他就如教训一般，他即便回骂，一般人仍不会理会他的。假如你骂一个无关痛痒的人，你越骂他他越得意，时常可以把一个无名小卒骂出名了，你看冤与不冤？

（三）适可而止

骂大人物骂到他回骂的时候，便不可再骂；再骂则一般人对你必无同情，以为你是无理取闹。骂小人物骂到他不能回骂的时候，便不可再骂；再骂下去则一般人对你也必无同情，以为你是欺负弱者。

（四）旁敲侧击

他偷东西，你骂他是贼；他抢东西，你骂他是盗，这是笨伯。骂人必须先明虚实掩映之法，须要烘托旁衬，旁敲侧击，于要紧处只一语便得，所谓杀人于咽喉处着刀。越要骂他你越要原谅他，即便说些恭维话亦不为过，这样的骂法才能显得你所骂的句句是真实确凿，让旁人看起来也可见得你的度量。

（五）态度镇定

骂人最忌浮躁。一语不合，面红筋跳，暴躁如雷，此灌夫骂座，泼妇骂街之术，不足以言骂人。善骂者必须态度镇定，行若无事。普通一般骂人，谁的声音高便算谁占理，谁来得势猛便算谁骂赢，唯真善骂人者，乃能避其锋而击其懈。你等他骂得疲倦的时候，你只消轻轻地回敬他一句，让他再狂吼一阵。在他暴躁不堪的时候，你不妨对他冷笑几声，包管你不费力气，把他气得死去活来，骂得他针针见血。

（六）出言典雅

骂人要骂得微妙含蓄，你骂他一句要使他不甚觉得是骂，等到想过一遍才慢慢觉悟这句话不是好话，让他笑着的面孔由白而红，由红而紫，由紫而灰，这才是骂人的上乘。欲达到此种目的，深刻之用词故不可少，而典雅之言辞尤为重要。言辞典雅则可使听者不致刺耳。如要骂人骂得典雅，则首先要在骂时万万别提起女人身上的某一部分，万万不要涉及生理学范围。骂人一骂到生理学范围以内，底下再有什么话都不好说了。譬如你骂某甲，千万别提起他的令堂、令妹。因为那样一来，便无是非可言，并且你自己也不免有令堂、令妹，他若回敬起来，岂非势均力敌，半斤八两？再者骂人的时候，最好不要加入种种难堪的名词，称呼起来总要客气，即使他是极卑鄙的小人，你也不妨称他先生，越客气，越骂得有力量。骂的时节最好引用他自己的词句，这不但可以使他难堪，还可以减轻他对你骂的力量。俗话少用，因为俗话一览无遗，不若典雅古文曲折含蓄。

（七）以退为进

两人对骂，而自己亦有理屈之处，则于开骂伊始，特宜注意，最好是毅然将自己理屈之处完全承认下来，即使道歉认错均不妨事。先把自己理屈之处轻轻遮掩过去，然后你再重整旗鼓，咄咄逼人，方可无后顾之忧。即使自己没有理屈的地方，也绝不可自行夸张，务必要谦逊不遑，把自己的位置降到一个不可再降的位置，然后骂起人来，自有一种公正光明的态度。否则你骂他一两句，他便以你个人的事反唇相讥，一场对骂，会变成两人私下口角，是非曲直，无从判断。所以骂人者自己要低声下气，此所谓以退为进。

（八）预设埋伏

你把这句话骂过去，你便要想想看，他将用什么话骂回来。有眼光的骂人者，便处处留神，或是先将他要骂你的话替他说出来，或是预先安设埋伏，令他骂回来的话失去效力。他骂你的话，你替他说出来，这便等于缴了他的械一般。预设埋伏，便是在他要攻击你的地方，你先轻轻地安下话根，然后他骂过来就等于枪弹打在沙包上，不能中伤。

（九）小题大做

如对方有该骂之处，而题目过小，不值一骂，或你所知不多，不足一骂，那时节你便可用小题大做的方法，来扩大题目。先用诚恳而怀疑的态度引申对方的意思，由不紧要之点引到大题目上去，处处用严谨的逻辑逼他说出不合逻辑的话来，或是逼他说出合于逻辑但不合乎理的话来，然后你再大举骂他，骂到体无完肤为止，而原来惹动你的小题目，轻轻一提便了。

（十）远交近攻

一个时候，只能骂一个人，或一种人，或一派人，决不宜多树敌。所以骂人的时候，万勿连累旁人，即使必须牵涉多人，你也要表示好意，否则回骂之声纷至沓来，使你无从应付。

骂人的艺术，一时所能想起来的有上面十条，信手拈来，并无条理。我作此文的用意，是助人骂人。同时也是想把骂人的技术揭破一点，供爱骂人者参考。挨骂的人看看，骂人的心理原来是这样的，也算是揭破一张黑幕给你瞧瞧！

考生的悲哀

梁实秋

榜上如果没有我的名字，我从此在人面前要矮上半尺多。
我在街上只能擦着边行走，我在家里只能低声下气地说话，
我吃的饭只能从脊梁骨下去。

我是一个投考大学的学生，简称曰考生。

常言道，生，老，病，死，乃人生四件大事。就我个人而言，除了这四件大事之外，考大学也是一个很大的关键。

中学一毕业，我就觉得飘飘然，不知哪里是我的归宿。"上智与下愚不移。"我并不是谦逊，我非上智，考大学简直没有把握，但我也并不是狂傲，我亦非下愚，总不能不去投考。我惴惴然，在所能投考的地方全去报名了。

有人想安慰我："你没有问题，准是一榜及第！"我只好说："多谢吉言。"我心里说："你先别将我！捧得高，摔得重。万一我一败涂地，可怎么办？"

有人想恫吓我："听说今年考生特别多，一百个里也取不了一个。可真要早些打主意。"我有什么主意可打呢？

有人说风凉话："考学校的事可真没有准，全凭运气。"这倒是正道着了我的心情。我正是要碰碰运气。也许有人相信，考场的事与父母的德行、祖上的阴功、坟地的风水都很有关系，我却不愿因为自己考学校而连累父母和祖坟，所以说我是很单纯地碰碰运气，试试我的流年。

话虽如此，我心里的忐忑不安是与日俱增的。临阵磨枪，没有用；不磨，更糟心。我看见所有的人眼睛都在用奇异的目光盯着我，似乎都觉得我是一条大毛虫，不知是要变蝴蝶，还是要变灰蛾。我也不知道我要变成一样什么东西。

我心里悬想：如果考取，是不是可以扬眉吐气？是不是有许多人要给我几张笑脸看？如果失败，是不是需要在地板上找个缝儿钻进去？常听长一辈的人说，不能念书就只好去做学徒，学徒要给掌柜的捧夜壶。因此，我一连多少天净做梦，一梦就是夜壶。

我把铅笔修得溜尖，锥子似的。墨盒里加足墨汁。自来水笔灌足墨水，外加墨水一瓶。三角板、毛笔、橡皮……一应俱全。

一清早我到了考场，已经满坑满谷都是我的难友，一个个的都是神头鬼脸，龇牙咧嘴的。

听人说过，从前科举场中，有人喊："有恩报恩，有仇报仇！"我想到这里，就毛骨悚然。考场虽然很爽朗，似也不免有些阴森之气。万一有个鬼魂和我过不去呢？

题目试卷都发下来了。我一目十行，先把题目大略地扫看一遍。还好，听说从前有学校考国文只有一道作文题目，全体交了白卷，因为题目没人懂，题目好像是"卞壶不苟时好论"，典出《晋书》。我这回总算没有遇见"卞壶"，虽然"井儿""明儿"也难倒了我。有好几门功课，题目真多，好像是在做常识试验。考场里只听得沙沙的响，像是蚕吃桑叶。我手眼并用，笔不停挥。

"啪"一声，旁边一位朋友的墨水壶摔了，溅了我一裤子蓝墨水。这一点也不稀奇，有必然性。考生没有不洒墨水的。有人的自来水笔干了，这也是必然的。有人站起来大声问："抄题不抄题？"这也是必然的。

考场大致是肃静的。监考的先生们不知是怎么选的，都是目光炯炯，东一位，西一位，好多道目光在考场上扫来扫去，有的立在台上高瞻远瞩，有的坐在空位子上做埋伏，有的巡回检阅，真是如临大敌。最有趣的是查对照片，一位先生给一个学生相面一次，有时候还需要仔细端详，验明正身而后已。

为什么要考这样多功课，我不懂。至少两天，至多三天，我一共考四个学校，前前后后一个整月耗在考试中间，考得我不死也得脱层皮。

但我安然考完，一不曾犯规，二不曾晕厥。现就等着发榜。

我沉住了气，我准备了最恶劣局势的来临。万一名落孙山，我不寻短见，明年再见。可是我也准备好，万一榜上有名，切不可像《儒林外史》里的范进，喜欢得痰迷心窍，挨屠户的一记耳光才醒得过来。

榜？不是榜！那是犯人的判决书。榜上如果没有我的名字，我从此在人面前要矮上半尺多。我在街上只能擦着边行走，我在家里只能低声下气地说话，我吃的饭只能从脊梁骨下去。不敢想。如果榜上有名，则除了怕嘴乐得闭不上之外当无其他危险。明天发榜，我这一夜没睡好，直做梦，净梦见范进。

天蒙蒙亮，报童在街上喊："买报瞧！买报瞧！"我连滚带爬地起来，买了一张报，打开一看，蚂蚁似的一片人名，我闭紧了嘴，怕心脏从口里跳出来。找来找去，找到了，我的名字赫然在焉！只听得，扑通一下，心像石头一般落了地。我和范进不一样，我没发疯，我也不觉得乐，我只觉得麻木空虚，我不由自主地从眼里迸出了两行热泪。

多鼠斋杂谈

老舍

去吧！魔鬼！

咱老子的一百元就是不再买又霉、

又臭、又硬、又伤天害理的纸烟！

一　戒酒

并没有好大的量，我可是喜欢喝两杯儿。因吃酒，我交下许多朋友——这是酒的最可爱处。大概在有些酒意之际，说话做事都要比平时豪爽真诚一些，于是就容易心心相印，成为莫逆。人或者只在"喝了"之后，才会把专为敷衍人用的一套生活八股抛开，而敢露一点锋芒或"谬论"——这就减少了我些脸上的俗气，看着红扑扑的，人有点样子！

自从在社会上做事至今的廿五六年中，虽不记得一共醉过多少次，不过，随便的一想，便颇可想起"不少"次丢脸的事来。所谓丢脸者，或者正是给脸上增光的事，所以我并不后悔。酒的坏处并不在撒酒疯，得罪了正人君子——在酒后还无此胆量，未免就太可怜了！酒的真正的坏处是它伤害脑子。

"李白斗酒诗百篇"是一位诗人赠另一位诗人的夸大的谀赞。据我的经验，酒使脑子麻木、迟钝，并不能增加思想产物的产量。即使有人非喝醉不能作诗，那也是例外，而非正常。在我患贫血病的时候，每喝一次酒，病便加重一些；未喝的时候若患头"昏"，喝过之后便改为"晕"了，那妨碍我写作！

对肠胃病更是死敌。去年，因医治肠胃病，医生严嘱我戒酒。从去岁十月到如今，我滴酒未入口。

不喝酒，我觉得自己像哑巴了：不会嚷叫，不会狂笑，不会说话！啊，甚至于不会活着了！可是，不喝也有好处，肠胃舒服，脑袋昏而不晕，我便能天天写一二千字！虽然不能一口气吐出百篇诗来，可是细水长流地写小说倒也保险；还是暂且不破戒吧！

二　戒烟

戒酒是奉了医生之命，戒烟是奉了法币的命令。什么？劣如"长刀"也卖百元一包？老子只好咬咬牙，不吸了！

从廿二岁起吸烟，至今已有一世纪的四分之一。这廿五年养成的习惯，一旦戒除可真不容易。

吸烟有害并不是戒烟的理由。而且，有一切理由，不戒烟是不成。戒烟凭一点"火儿"。那天，我只剩了一支"华丽"。一打听，它又长了十块！三天了，它每天长十块！我把这一支吸完，把烟灰碟擦干净，把洋火放在抽屉里。我"火儿"啦，戒烟！

没有烟，我写不出文章来。廿多年的习惯如此。这几天，我硬撑！我的舌头是木的，嘴里冒着各种滋味的水，嗓门子发痒，太阳穴微微地抽着疼！——顶要命的是脑子里空了一块！不过，我比烟要更厉害些：尽管你小子给我以各样的毒刑，老子要挺一挺给你看看！

毒刑夹攻之后，它派来会花言巧语的小鬼来劝导："算了吧，也总算是个老作家了，何必自苦太甚！况且天气是这么热；要戒，等到秋凉，总比较的要好受一点呀！"

"去吧！魔鬼！咱老子的一百元就是不再买又霉、又臭、又硬、又伤天害理的纸烟！"

今天已是第六天了，我还撑着呢！长篇小说没法子继续写下去；谁管它！除非有人来说："我每天送你一包'骆驼'，或廿支'华福'，一直到抗战胜利为止！"我想我大概不会向"人头狗"和"长刀"什么的投降的！

三　戒茶

我既已戒了烟酒而半死不活，因思莫若多加几种，爽性快快地死了倒也干脆。

谈再戒什么呢？

戒荤吗？根本用不着戒，与鱼不见面者已整整二年，而猪羊肉近来也颇疏远。还敢说戒？平价之米，偶尔有点油肉相佐，使我绝对相信肉食者"不鄙"！若只此而戒除之，则腹中全是平价米，而人也决变为平价人，可谓"鄙"矣！不能戒荤！

逼不得已，只好戒茶。

我是地道中国人，咖啡、蔻蔻、汽水、啤酒，皆非所喜，而独喜茶。有一杯好茶，我便能万物静观皆自得。烟酒虽然也是我的好友，但它们都是男性的——粗莽，热烈，有思想，可也有火气——未若茶之温柔，雅洁，轻轻的刺激，淡淡的相依；茶是女性的。

我不知道戒了茶还怎样活着，和干吗活着。但是，不管我愿意不愿意，近来茶价的增高已教我常常起一身小鸡皮疙瘩！

茶本来应该是香的，可是现在卅元一两的香片不但不香，而且有一股子咸味！为什么不把咸蛋的皮泡泡来喝，而单去买咸茶呢？六十元一两的可以不出咸味，可也不怎么出香味，六十元一两啊！谁知道明天不就又长一倍呢！

恐怕呀，茶也得戒！我想，在戒了茶以后，我大概就有资格到西方极乐世界去了——要去就抓早儿，别把罪受够了再去！想想看，茶也须戒！

四　猫的早餐

多鼠斋的老鼠并不见得比别家的更多，不过也不比别处的少就是了。前些天，柳条包内，棉袍之上，毛衣之下，又生了一窝。

没法不养只猫子了，虽然明知道一买又要一笔钱，"养"也至少须费些平价米。

花了二百六十元买了只很小很丑的小猫来。我很不放心。单从身长与体重说，厨房中的老一辈的老鼠会一口咬两只这样的小猫的。我们用麻绳把咪咪拴好，不光是怕它跑了，而是怕它不留神碰上老鼠。

我们很怕咪咪会活不成的，它是那么瘦小，而且终日那么团着身哆里哆嗦的。

人是最没办法的动物，而他偏偏爱看不起别的动物，替它们担忧。

吃了几天平价米和煮包谷，咪咪不但没有死，而且欢蹦乱跳的了。它是个乡下猫，在来到我们这里以前，它连米粒与包谷粒大概也没吃过。

我们总觉得有点对不起咪咪——没有鱼或肉给它吃，没有牛奶给它喝。猫是食肉动物，不应当吃素！

可是，这两天，咪咪比我们都要阔绰了；人才真是可怜虫呢！昨天，我起来相当地早，一开门咪咪骄傲地向我叫了一声，右爪按着个已半死的小老鼠。咪咪的旁边，还放着一大一小的两个死蛙——也是咪咪咬死的，而不屑于去吃，大概死蛙的味道不如老鼠的那么香美。

我怔住了，我须戒酒、戒烟、戒茶，甚至要戒荤，而咪咪——那么瘦小丑陋的小东西——会有两只蛙，一只老鼠作早餐！说不定，它还许已先吃过两三个蚱蜢了呢！

五 最难写的文章

或问：什么文章最难写？

答：自己不愿意写的文章最难写。比如说：邻居二大爷年七十，无疾而终。二大爷一辈子吃饭穿衣，喝两杯酒，与常人无异。他没立过功，没立过言。他少年时是个连模样也并不惊人的少年，到老年也还是个平平常常的老人，至多，我只能说他是个安分守己的好公民。可是，文人的灾难来了！二大爷的儿子——大学毕业，现在官居某机关科员——送过来讣闻，并且诚恳地请赐挽词。我本来有两句可以赠给一切二大爷的挽词："你死了不能再见，想起来好不伤心！"可是我不敢用它来搪塞二大爷的科员少爷，怕他说我有意侮辱他的老人。我必须另想几句——近邻，天天要见面，假若我决定不写，科员少爷会恼我一辈子的。可是，老天爷，我写什么呢？

在这很为难之际，我真佩服了从前那些专凭作挽诗、寿序挣吃饭的老文人了！你看，还以二大爷这件事为例吧，差不多除了扯谎，我简直没法写出一个字。我得说二大爷天生的聪明绝顶，可是还"别"说他虽聪明绝顶，而并没著过书，没发明过什么东西，和他在算钱的时候总是脱了袜子的。是的，我得把别人的长处硬派给二大爷，而把二大爷的短处一字不提。这不是作诗或写散文，而是替死人来骗活人！我写不好这种文章，因为我不喜欢扯谎。

在挽诗与寿序等而外，就得算"九一八"，"双十"与"元旦"什么的最难写了。年年有个元旦，年年要写元旦，有什么好写呢？每逢接到报馆为元旦增刊征文的通知，我就想这样回复："死去吧！省得年年教我吃苦！"可是又一想，它死了岂不又须作挽联啊？于是只好按住心头之火，给它拼凑几句——这不是我作文章，而是文章作我！说到这里，相应提出"救救文人！"的口号，并且希望科员少爷与报馆编辑先生网开一面，叫小子多活两天！

六　最可怕的人

我最怕两种人：第一种是这样的——凡是他所不会的，别人若会，便是罪过。比如说：他自己写不出幽默的文字来，所以他把幽默文学叫作文艺的脓汁，而一切有幽默感的文人都该加以破坏抗战的罪过。他不下一番功夫去考查考查他所攻击的东西到底是什么，而只因为他自己不会，便以为那东西该死。这是最要不得的态度，我怕有这种态度的人，因为他只会破坏，对人对己都全无好处。假若他做公务员，他便只有忌妒，甚至因忌妒别人而自己去做汉奸；假若他是文人，他便也只会忌妒，而一天到晚浪费笔墨，攻击别人，且自鸣得意，说自己颇会批评——其实是扯淡！这种人乱骂别人，而自己永不求进步；他污秽了批评，且使自己的心里堆满了尘垢。

第二种是无聊的人。他的心比一个小酒盅还浅，而面皮比墙还厚。他无所知，而自信无所不知。他没有不会干的事，而一切都莫名其妙。他的谈话只是运动运动唇齿舌喉，说不说与听不听都没有多大关系。他还在你正在工作的时候来"拜访"。看你正忙着，他赶快就说，不耽误你的工夫。可是，说罢便安然坐下了——两个钟头以后，他还在那儿坐着呢！他必须谈天气，谈空袭，谈物价，而且随时给你教训："有警报还是躲一躲好！"或是："到八月节物价还要涨！"他的这些话无可反驳，所以他会百说不厌，视为真理。我真怕这种人，他耽误了我的时间，而自杀了他的生命！

七 衣

对于英国人，我真佩服他们的穿衣服的本领。一个有钱的或善交际的英国人，一天也许要换三四次衣服。开会，看赛马，打球，跳舞……都须换衣服。据说：有人曾因穿衣脱衣的麻烦而自杀。我想这个自杀者并不是英国人。英国人的忍耐性使他们不会厌烦"穿"和"脱"，更不会使他们因此而自杀。

我并不反对穿衣要整洁，甚至不反对衣服要漂亮美观。可是，假若教我一天换几次衣服，我是也会自杀的。想想看，系纽扣解纽扣，是多么无聊的事！而纽扣又是那么多，那么不灵动，那么不起好感，假若一天之中解了又系，系了再解，至数次之多，谁能不感到厌世呢！

在抗战数年中，生活是越来越苦了。既要抗战，就必须受苦，我决不怨天尤人。再进一步，若能从苦中求乐，则不但可以不出怨言，而且可以得到一些兴趣，岂不更好呢！在衣食住行人生四大麻烦中，食最不易由苦中求乐，菜根香一定香不过红烧蹄髈！菜根使我贫血；"狮子头"却使我壮如雄狮！

住和行虽然不像食那样一点不能将就，可是也不会怎样苦中生乐。三伏天住在火炉子似的屋内，或金鸡独立地在汽车里挤着，我都想掉泪，一点也找不出乐趣。

只有穿的方面，一个人确乎能由苦中找到快活。"七七"抗战后，由家中逃出，我只带着一件旧夹袍和一件破皮袍，身上穿着一件旧棉袍。这三袍不够四季用的，也不够几年用的。所以，到了重庆，我就添置衣裳。主要的是灰布制服。这是一种"自来旧"的布做成的，一下水就一蹶不振，永远难看。吴组缃先生名之为斯文扫地的衣服。可是，这种衣服给我许多方便——简直可以称之为享受！我可以穿着裤子睡觉，而不必担心裤缝直与不直——它反正永远不会直立。我可以不必先看看座位，再去坐下——我的宝裤不怕泥土污秽，它原是自来旧。雨天走路，我不怕汽车。晴天有空袭，我的衣服的老鼠皮色便是伪装。这种衣服给我舒适、自由和亲切之感。它和我好像多年的老夫妻，彼此有完全的了解，没有一点隔膜。

我希望抗战胜利之后，还老穿着这种困难衣，倒不是为省钱，而是为舒服。

八 行

朋友们屡屡函约进城，始终不敢动。"行"在今日，不是什么好玩的事。看吧，从北碚到重庆第一就得出"挨挤费"一千四百四十元。所谓挨挤费者就是你须到车站去"等"，等多少时间？没人能告诉你。幸而把车等来，你还得去挤着买票，假若你挤不上去，那是你自己的无能，只好再等。幸而票也挤到手，你就该到车上去挨挤。这一挤可厉害！你第一要证明了你的确是脊椎动物，无论如何你都能直挺挺地立着。第二，你须证明在进化论中，你确是猴子变的，所以现在你才嘴、手、脚并用，全身紧张而灵活，以免被挤成像四喜丸子似的一堆肉。第三，你须有"保护皮"，足以使你全身不怕伞柄、胳臂肘、脚尖、车窗，等等的戳、碰、刺、钩；否则你会遍体鳞伤。第四，你须有不中暑发痧的把握，要有不怕把鼻子伸在有狐臭的腋下而不能动的本事……你须备有的条件太多了，都是因为你喜欢交那一千四百多元的挨挤费！

我头昏，一挤就有变成爬虫的可能，所以，我不敢动。

再说，在重庆住一星期，至少花五六千元；同时，还得耽误一星期的写作；两面一算，使我胆寒！

以前，我一个人在流亡，一人吃饱便天下太平，所以东跑西跑，一点也不怕赔钱。现在，家小在身边，一张嘴便是五六个嘴一齐来，于是嘴与胆子乃适成反比，嘴越多，胆子越小！

重庆的人们哪，设法派小汽车来接呀，否则我是不会去看你们的。你们还得每天给我们一千元零花。烟、酒都无须供给，我已戒了。啊，笑话是笑话，说真的，我是多么想念你们，多么渴望见面畅谈呀！

九　狗

中国狗恐怕是世界上最可怜最难看的狗。此处之"难看"

并不指狗种而言，而是与"可怜"密切相关。无论狗的模样身材如何，只要喂养得好，它便会长得肥肥胖胖的，看着顺眼。中国人穷。人且吃不饱，狗就更提不到了。因此，中国狗最难看；不是因为它长得不体面，而是因为它骨瘦如柴，终年夹着尾巴。

每逢我看见被遗弃的小野狗在街上寻找粪吃，我便要落泪。我并非爱做伤感的人，动不动就要哭一鼻子。我看见小狗的可怜，也就是感到人民的贫穷。民富而后猫狗肥。

中国人动不动就说：我们地大物博。那也就是说，我们不用着急呀，我们有的是东西，永远吃不完喝不尽哪！哼，请看看你们的狗吧！

还有：狗虽那么摸不着吃，（外国狗吃肉，中国狗吃粪；在动物学上，据说狗本是食肉兽。）那么随便就被人踢两脚，打两棍，可是它们还照旧地替人们服务。尽管它们饿成皮包着骨，尽管它们刚被主人踹了两脚，它们还是极忠诚地去尽看门守夜的责任。狗永远不嫌主人穷。这样的动物理应得到人们的赞美，而忠诚、义气、安贫、勇敢，等等好字眼都该归之于狗。可是，我不晓得为什么中国人不分黑白地把汉奸与小人叫作走狗，倒仿佛狗是不忠诚不义气的动物。我为狗喊冤叫屈！

猫才是好吃懒做，有肉即来，无食即去的东西。洋奴与小人理应被叫作"走猫"。

或者是因为狗的脾气好，不像猫那样傲慢，所以中国人不说"走猫"而说"走狗"？假若真是那样，我就又觉得人们未免有点

"软的欺，硬的怕"了！

不过，也许有一种狗，学名叫作"走狗"；那我还不大清楚。

十　帽

在"七七"抗战后，从家中跑出来的时候，我的衣服虽都是旧的，而一顶呢帽却是新的。那是秋天在济南花了四元钱买的。

廿八年随慰劳团到华北去，在沙漠中，一阵狂风把那顶呢帽刮去，我变成了无帽之人。假若我是在四川，我便不忙于去再买一顶——那时候物价已开始要张开翅膀。可是，我是在北方，天已常常下雪，我不可一日无帽。于是，在宁夏，我花了六元钱买了一顶呢帽。在战前它公公道道地值六角钱。这是一顶很顽皮的帽子。它没有一定的颜色，似灰非灰，似紫非紫，似赭非赭，在阳光下，它仿佛有点发红，在暗处又好似有点绿意。我只能用"五光十色"去形容它，才略为近似。它是呢帽，可是全无呢意。我记得呢子是柔软的，这顶帽可非常地坚硬，用指一弹，它当当地响。这种不知何处制造的硬呢会把我的脑门儿勒出一道小沟，使我很不舒服。我须时时摘下帽来，教脑袋休息一下！赶到淋了雨的时候，它就完全失去呢性，而变成铁筋洋灰的了。因此，回到重庆以后，我总是能不戴它就不戴；一看见它我就有点害怕。

因为怕它，所以我在白象街茶馆与友摆龙门阵之际，我又买了一顶毛织的帽子。这一顶的确是软的，软得可以折起来，我很高兴。

不幸，这高兴又是短命的。只戴了半个钟头，我的头就好像发了火，痒得很。原来它是用野牛毛织成的。它使脑门热得出汗，而后用那很硬的毛儿刺那张开的毛孔！这不是戴帽，而是上刑！

把这顶野牛毛帽放下，我还是得戴那顶铁筋洋灰的呢帽。经雨淋、汗沤、风吹、日晒，到了今年，这顶硬呢帽不但没有一定的颜色，也没有一定的样子了——可是永远不美观。每逢戴上它，我就躲着镜子——我知道我一看见它就必有斯文扫地之感！

前几天，花了一百五十元把呢帽翻了一下。它的颜色竟自有了固定的倾向，全体都发了红。它的式样也因更硬了一些而暂时有了归宿，它的确有点帽子样儿了！它可是更硬了，不留神，帽檐碰在门上或硬东西上，硬碰硬，我的眼中就冒了火花！等着吧，等到抗战胜利的那天，我首先把它用剪子铰碎，看它还硬不硬！

十一　昨天

昨天一整天不快活。老下雨，老下雨，把人心都好像要下湿了！

有人来问往哪儿跑？答以：嘉陵江没有盖儿。邻家聘女。姑娘有二十二三岁，不难看。来了一顶轿子，她被人从屋中掏出来，放进轿中；轿夫抬起就走。她大声地哭。没有锣鼓。轿子就那么哭着走了。看罢，我想起幼时在鸟市上买鸟。贩子从大笼中抓出鸟来，放在我的小笼中，鸟尖锐地叫。

黄狼夜间将花母鸡叼去。今午，孩子们在山坡后把母鸡找到。脖子上咬烂，别处都还好。他们主张还炖一炖吃了。我没拦阻他们。乱世，鸡也该死两道的。

头总是昏。一友来，又问："何以不去打补针？"我笑而不答，心中很生气。

正写稿子，友来。我不好让他坐。他不好意思坐下，又不好意思马上就走。中国人总是过度的客气。

友人函告某人如何，某事如何，即答以："大家肯把心眼放大一些，不因事情不尽合己意而即指为恶事，则人世纠纷可减半矣！"发信后，心中仍在不快。

长篇小说越写越不像话，而索短稿者且多，颇郁郁！

晚间屋冷话少，又戒了烟，呆坐无聊，八时即睡。这是值得记下来的一天——没有一件痛快事！在这样的日子，连一句漂亮的话也写不出！为什么我们没有伟大的作品哪？哼，谁知道！

十二　傻子

在民间的故事与笑话里，有许多许多是讲兄弟三个，或姐妹三个，或盟兄弟三个，或女婿三个；第三个必定是傻子，而傻子得到最后的胜利。据说这种结构的公式是世界性的，世界各处都有这样的故事与笑话。为什么呢？因为人们是同情于弱者的。三弟三妹三女婿既最幼，又最傻，所以必须胜利。

和许多别种民间故事与笑话的含义一样，这种同情弱者的表示可也许是"夫子自道也"。这就是说：人民有一肚子委屈而无处去诉，就只好想象出一位"臣包文正"，或北侠欧阳春来，给他们撑一撑腰，吐一口气。同样的，他们制造出弱者胜利的故事与笑话，也是为了自慰；故事与笑话中的傻子就是他们自己。他们自己既弱且愚，可是他们讽刺了那有势力，有钱财，与有学问的人，他们感到胜利。

可是，这种讽刺的胜利到底是否真正的胜利，就不大好说。假若胜利必须是精神上的呢，他们大概可以算得了胜。反之，精神胜利若因无补于实际而算不得胜利，那就不大好办了。

在我们的民间，这种傻子胜利的故事与笑话似乎比哪一国都多。我不知道，我应当庆祝他们已经得到胜利，还是应当把我的"怪难过的"之感告诉给他们。

小病

老舍

　　头疼而去找西医，他因不能断证——你的病本来不算什么——一定嘱告你住院，而后详加检验，发现了你的小脚指头不是好东西，非割去不可。十天之后，头疼确是好了，可是足指剩了九个。

大病往往离死太近，一想便寒心，总以不患为是。即使承认病死比杀头、活埋、剥皮等死法光荣些，到底好死不如歹活着。半死不活的味道使盖世的英雄泪下如雨呀。拿死吓唬任何生物是不人道的。大病专会这么吓唬人，理当回避，假若不能扫除净尽。

　　可是小病便当另作一说了。山上的和尚思凡，比城里的学生要厉害许多。同样，楚霸王不害病则没的可说，一病便了不得。生活是种律动，须有光有影，有左有右，有晴有雨；滋味就含在这变而不猛的曲折里。微微暗些，然后再明起来，则暗得有趣，而明乃更明；且至明过了度，忽然烧断，如百烛电灯泡然。这个，照直了说，便是小病的作用。常患些小病是必要的。

　　所谓小病，是在两种小药的能力圈内，阿司匹林与清瘟解毒丸是也。这两种药所不治的病，顶好快去请大夫，或者立下遗嘱，备下棺材，也无所不可，咱们现在讲的是自己能当大夫的“小”病。这种小病，平均每一个半月犯一次就挺合适。一年四季，平均犯八次小病，大概不会再患什么重病了。自然也有爱患完小病再患大病的人，那是个人的自由，不在话下。

　　咱们说的这类小病很有趣。健康是幸福；生活要趣味。所以应当讲说一番：

小病可以增高个人的身份。不管一家大小是靠你吃饭，还是你白吃他们，日久天长，大家总对你冷淡。假若你是挣钱的，你越尽责，人们越挑眼，好像你是条黄狗，见谁都得连忙摆尾；一尾没摆到，即使不便明言，也暗中唾你几口。不大离的你必得病一回，必得！早晨起来，哎呀，头疼！买清瘟解毒丸去！还有阿司匹林吗？不在乎要什么，要的是这个声势。狗的地位提高了不知多少。连懂点事的孩子也要闭眼想想了——这棵树可是倒不得呀！你在这时节可以发散发散狗的苦闷了，卫生的要术。你若是个白吃饭的，这个方法也一样灵验。特别是妈妈与老嫂子，一见你真需要阿司匹林，她们会知道你没得到你所应得的尊敬，必能设法安慰你：去听听戏，或带着孩子们看电影去吧？她们诚意地向你商量，本来你的病是吃小药饼或看电影都可以治好的，可是你的身份高多了呢。在朋友中，社会中，光景也与此略同。

此外，小病两日而能自己治好，是种精神的胜利。人就是别投降给大夫。无论国医西医，一律招惹不得。头疼而去找西医，他因不能断证——你的病本来不算什么——一定嘱告你住院，而后详加检验，发现了你的小脚指头不是好东西，非割去不可。十天之后，头疼确是好了，可是足指剩了九个。国医文明一些，不提小脚指头这一层，而说你气虚，一开便开二十味药；他越摸不清你的脉，越多开药，意在把病吓跑。就是不找大夫。预防大病来临，时时以小病发散之，而小病自己会治，这就等于"吃了萝卜喝热茶，气得大夫满街爬"！

　　有宜注意者：不当害这种病时，别害。头疼，大则足以失去一个王位，小则能惹出是非。设个小比方：长官约你陪客，你说头疼不去，其结果有不易消化者。怎样利用小病，须在全部生活艺术中搜求出来。看清机会，而后一想象，乃由无病而有病，利莫大焉。

　　这个，从实际上看，社会上只有一部分人能享受，差不多是一种雅好的奢侈。可是，在一个理想国里，人人应该有这个自由与享受。自然，在理想国内也许有更好的办法；不过，什么办法也不及这个浪漫，这是小品病。

不旅行记

老舍

跟许多人一块旅行，领教过了，不敢再往前巴结。
十个人十个意见，游遍了全球，还是十个意见。

四五年来，除非有要紧的事，简直没有出过门。不是不爱旅行，是怕由旅行而来的那些别扭。我能走路，不怕吃苦，按说该常出去跑跑了，可是我害怕，于是"没有地方比家里好"就几乎成了格言。

　　跟许多人一块旅行，领教过了，不敢再往前巴结。十个人十个意见，游遍了全球，还是十个意见。甲要看山，乙主张先去买东西，而丙以为应先玩八圈小牌，途上不打死一个半个的就算幸事。意见既不一致，而且人人想占便宜，就是咱处处讲退让，也有受不了的时候。比如说：人家睡床，让咱睡地，咱当然不说什么。可是及至人家摸到臭虫而往地上扔，咱就是木头人也似乎应当再把臭虫扔回去，这就非开仗不可了。再说呢，人多胆大，凡是平常不敢做的都要做做。谁都晓得农民的疾苦，平常也老喊着到乡间去；及至十来位文明人到了乡间，偷果子，踏青苗，什么不得人心的事都干得出。举此一例，已足使人望而生畏；要旅行，我一个人走。

　　可是一个人又寂寞。顶好找个地理熟，人性好，彼此说得来的，而且都不慌不忙地慢慢地走，细细地看。这个伴上哪里找呢？即使找到，他多半是没工夫；及至他有了空闲，我又不定怎样。

不论独自走还是有了好伴吧，路上的别扭事儿还多得很呢。比如在火车上，三等车的挤与脏，咱都能受，但是受不了查票员那份儿神气。我要是杀了他，自然觉得痛快一些，可是抵起命来也是我的事，似乎就稍差一点，于是心中就老痛快不了。其次就是拿免票或"托付"过了的人，也使我吃不住。这种人多半非常的精明，懂世面，在行动上处处表现着他们的优越，使有票的人觉得自己简直不成东西。有票的人立着，没票的人坐着，有票的人坐着，没票的人躺着，彼此间老差着一等。假若我要争平等而战，苦子是我的，在法律上与人情上都不允许有票的人胜利。生气，活该！车上卖烟卷与面包的小贩也够办。他使我感到花钱买东西是多么下贱的事，而我又不愿给他一角钱而跪接十支"大长城"。赶到下了车，出了站台，洋车上"大升栈吧"的围困倒是小事。因为这近乎人情，谁不想拉到买卖呢。我受不了那啪啪的鞭声，维持秩序的鞭声。它使我做梦还哆嗦！

旅馆，又是个大问题。好的贵，住不起。坏的真脏，这且不提，敲竹杠太不受用。只好住中等的，臭虫不多，也不少，恰恰中等；屋中有红漆马桶，独自享用。这都好，假如能平安睡觉的话。但是中等旅客总不喜欢睡觉，牌声，电话声，唱戏声，昼夜不停，好一片太平景象，只苦了我这非要睡觉不可的。

旅馆多困难，找亲戚吧。这也有不少难处：太熟的人不能找，他们不拿客人待你，本系好事，可是一家八口全把几年中积下来的陈谷子烂芝麻对你细讲，夜以继日，你怎么办呢？我没办法。碰巧了呢，他们全出去有事，而托我看家，我算干什么的呢？还有一样，他们住惯了那个地方，看什么也不出奇，所以我一提出去，他们仿佛就以为我看不起他们，而偏疼他们的地方……生朋友自然不能找，连偶然遇见都了不得。他一定得请我吃饭，我一定得还席；他一定得捏着鼻子陪我逛逛，我一定得捏着鼻子买些谢礼；他一定得说我发了福，我一定得说他的孩子长了身量……这不是旅行。

住学校或青年会比较的好些，可是必得带着讲演稿子，一定得请演说。讲完了，第二天报纸上总会骂上一大顿，即使讲得没什么毛病，也会嫌讲演者脸上有点麻子。

幸而找到了个理想的地方，神不知鬼不觉地玩个痛快，可是等到回了家，多少会有几封信来骂阵："怎么不来看看我们！""怎么这等看不起人！"……赶紧得写信道歉，说我生平所最不爱说的谎。就是外面不来这些信，家里的人和亲友们也不能善罢甘休啊！大老远的回来，连点土物也不带?！就是不带礼物吧，总该来看看我们吧……我的罪孽深重！反之，我真把先施公司[1]给他们搬了来，他们也许有相当的满意，可是明火绑票我也受不了！

这都是些小事，自然；可是真别扭！莫若家里一蹲，趁早不必劳民伤财。作不旅行记。

---

[1] 当时一家大型百货公司，由侨商马应彪创办，总部设在香港。

我的理想家庭

老舍

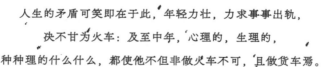

人生的矛盾可笑即在于此，年轻力壮，力求事事出轨，

决不甘为火车：及至中年，心理的，生理的，

种种理的什么什么，都使他不但非做火车不可，且做货车焉。

一个二十多岁的小伙子，讲恋爱，讲革命，讲志愿，似乎天地之间，唯我独尊，简直想不到组织家庭——结婚既是爱的坟墓，家庭根本上是英雄好汉的累赘。及至过了三十，革命成功与否，事情好歹不论，反正领略够了人情世故，壮气就差点事儿了。虽然明知家庭之累，等于投胎为马为牛，可是人生总不过如此，多少也都得经验一番，既不坚持独身，结婚倒也还容易。于是发帖子请客，笑着开驶倒车，苦乐容或相抵，反正至少凑个热闹。到了四十，儿女已有二三，贫也好富也好，自己认头苦曳，对于年轻的朋友已经有好些个事儿说不到一处，而劝告他们老老实实地结婚，好早生儿养女，即是话不投缘的一例。到了这个年纪，设若还有理想，必是理想的家庭。倒退二十年，连这么一想也觉泄气。人生的矛盾可笑即在于此，年轻力壮，力求事事出轨，决不甘为火车；及至中年，心理的，生理的，种种理的什么什么，都使他不但非做火车不可，且做货车焉。把当初与现在一比较，判若两人，足够自己笑半天的！或有例外，实不多见。

　　明年我就四十了，已具说理想家庭的资格：大不必吹，盖亦自嘲。

　　我的理想家庭要有七间小平房：一间是客厅，古玩字画全非必要，只要几张很舒服宽松的椅子，一二小桌。一间书房，书籍不少，不管什么头版与古本，而都是我所爱读的。一张书桌，桌面是中国漆的，放上热茶杯不至烫成个圆白印儿。文具不讲究，可是都很好用，桌上老有一两枝鲜花，插在小瓶里。两间卧室，我独据一间，没有臭虫，而有一张极大极软的床。在这个床上，横睡直睡都可以，不论怎睡都一躺下就舒服合适，好像陷在棉花堆里，一点也不硬碰骨头。还有一间，是预备给客人住的。此外是一间厨房，一个厕所，没有下房，因为根本不预备用仆人。家中不要电话，不要播音机，不要留声机，不要麻将牌，不要风扇，不要保险柜。缺乏的东西本来很多，不过这几项是故意不要的，有人白送给我也不要。

　　院子必须很大，靠墙有几株小果木树。除了一块长方的土地，平坦无草，足够打开太极拳的，其他的地方就都种着花草——没有一种珍贵费事的，只求昌茂多花。屋中至少有一只花猫，院中至少也有一两盆金鱼；小树上悬着小笼，二三绿蝈蝈随意地鸣着。

　　这就该说到人了。屋子不多，又不要仆人，人口自然不能很多：一妻和一儿一女就正合适。先生管擦地板与玻璃，打扫院子，收拾花木，给鱼换水，给蝈蝈一两块绿王瓜或几个毛豆；并管上街送信买书等事宜。太太管做饭，女儿任助手——顶好是十二三岁，不准小也不准大，老是十二三岁。儿子顶好是三岁，既会讲话，又胖胖的会淘气。母女于做饭之外，就做点针线，看小弟弟。大件衣服拿到外边去洗，小件的随时自己涮一涮。

　　既然有这么多工作，自然就没有多少工夫去听戏看电影。不过在过生日的时候，全家就出去玩半天；接一位亲或友的老太太给看家。过生日什么的永远不请客受礼，亲友家送来的红白帖子，就一概扔在字纸篓里，除非那真需要帮助的，才送一些干礼去。到过节过年的时候，吃食从丰，而且可以买一通纸牌，大家打打"索儿胡"，赌铁蚕豆或花生米。

　　男的没有固定的职业；只是每天写点诗或小说，每千字卖上四五十元钱。女的也没事做，除了家务就读些书。儿女永不上学，由父母教给画图，唱歌，跳舞——乱蹦也算一种舞法——和文字，手工之类。等到他们长大，或者也会仗着绘画或写文章卖一点钱吃饭；不过这是后话，顶好暂且不提。

　　这一家子人，因为吃得简单干净，而一天到晚又不闲着，所以身体都很不坏。因为身体好，所以没有肝火，大家都不爱闹脾气。除了为小猫上房、金鱼甩子等事着急之外，谁也不急叱白脸的。

　　大家的相貌也都很体面，不令人望而生厌。衣服可并不讲究，都做得很结实朴素；永远不穿又臭又硬的皮鞋。男的很体面，可不露电影明星气；女的很健美，可不红唇卷毛的鼻子朝着天。孩子们都不卷着舌头说话，淘气而不讨厌。

　　这个家庭顶好是在北平，其次是成都或青岛，至坏也得在苏州。无论怎样吧，反正必须在中国，因为中国是顶文明顶平安的国家；理想的家庭必在理想的国内也。

跑警报

汪曾祺

有一次日本飞机炸了联大，昆明北院、南院，都落了炸弹，

这位郑老兄听着炸弹乒乒乓乓在不远的地方爆炸，

依然在新校舍大图书馆旁的锅炉上神色不动地搅和他的冰糖莲子。

西南联大有一位历史系的教授，——听说是雷海宗先生，他开的一门课因为讲授多年，已经背得很熟，上课前无须准备；下课了，讲到哪里算哪里，他自己也不记得。每回上课，都要先问学生："我上次讲到哪里了？"然后就滔滔不绝地接着讲下去。班上有个女同学，笔记记得最详细，一句不落。雷先生有一次问她："我上一课最后说的是什么？"这位女同学打开笔记夹，看了看，说："您上次最后说：'现在已经有空袭警报，我们下课。'"

　　这个故事说明昆明警报之多。我刚到昆明的头二年，一九三九、一九四〇年，三天两头有警报。有时每天都有，甚至一天有两次。昆明那时几乎说不上有空防力量，日本飞机想什么时候来就来。有时竟至在头一天广播：明天将有二十七架飞机来昆明轰炸。日本的空军指挥部还真言而有信，说来准来！

　　一有警报，别无他法，大家就都往郊外跑，叫做"跑警报"。"跑"和"警报"连在一起，构成一个语词，细想一下，是有些奇特的，因为所跑的并不是警报。这不像"跑马""跑生意"那样通顺。但是大家就这么叫了，谁都懂，而且觉得很合适。也有叫"逃警报"或"躲警报"的，都不如"跑警报"准确。"躲"，太消极；"逃"又太狼狈。唯有这个"跑"字于紧张中透出从容，最有风度，也最能表达丰富生动的内容。

有一个姓马的同学最善于跑警报。他早起看天，只要是万里无云，不管有无警报，他就背了一壶水，带点吃的，夹着一卷温飞卿或李商隐的诗，向郊外走去。直到太阳偏西，估计日本飞机不会来了，才慢慢地回来。这样的人不多。

警报有三种。如果在四十多年前向人介绍警报有几种，会被认为有"神经病"，这是谁都知道的。然而对今天的青年，却是一项新的课题。一曰"预行警报"。

联大有一个姓侯的同学，原系航校学生，因为反应迟钝，被淘汰下来，读了联大的哲学心理系。此人对于航空旧情不忘，曾用黄色的"标语纸"贴出巨幅"广告"，举行学术报告，题曰《防空常识》。他不知道为什么对"警报"特别敏感。他正在听课，忽然跑了出去，站在"新校舍"的南北通道上，扯起嗓子大声喊叫："现在有预行警报，五华山挂了三个红球！"可不！抬头望南一看，五华山果然挂起了三个很大的红球。五华山是昆明的制高点，红球挂出，全市皆见。我们一直很奇怪：他在教室里，正在听讲，怎么会"感觉"到五华山挂了红球呢？——教室的门窗并不都正对五华山。

一有预行警报，市里的人就开始向郊外移动。住在翠湖迤北的，多半出北门或大西门，出大西门的似尤多。大西门外，越过联大新校舍门前的公路，有一条由南向北的用浑圆的石块铺成的宽可五六尺的小路。这条路据说是古驿道，一直可以通到滇西。

路在山沟里。平常走的人不多。常见的是驮着盐巴、碗糖或其他货物的马帮走过。赶马的马锅头侧身坐在木鞍上，从齿缝里咝咝地吹出口哨（马锅头吹口哨都是这种吹法，没有撮唇而吹的），或低声唱着呈贡"调子"：

> 哥那个在至高山那个放呀放放牛，
> 妹那个在至花园那个梳那个梳梳头。
> 哥那个在至高山那个招呀招招手，
> 妹那个在至花园点那个点点头。

这些走长道的马锅头有他们的特殊装束。他们的短褂外都套了一件白色的羊皮背心，脑后挂着漆布的凉帽，脚下是一双厚牛皮底的草鞋状的凉鞋，鞋帮上大都绣了花，还钉着亮晶晶的"鬼眨眼"亮片。——这种鞋似只有马锅头穿，我没见从事别种行业的人穿过。马锅头押着马帮，从这条斜阳古道上走过，马项铃哗棱哗棱地响，很有点浪漫主义的味道，有时会引起远客的游子一点淡淡的乡愁……

有了预行警报，这条古驿道就热闹起来了。从不同方向来的人都涌向这里，形成了一条人河。走出一截，离市较远了，就分散到古道两旁的山野，各自寻找一个合适的地方呆下来，心平气和地等着，——等空袭警报。

联大的学生见到预行警报，一般是不跑的，都要等听到空袭警报：汽笛声一短一长，才动身。新校舍北边围墙上有一个后门，出了门，过铁道（这条铁道不知起讫地点，从来也没见有火车通过），就是山野了。要走，完全来得及。——所以雷先生才会说"现在已经有空袭警报"。只有预行警报，联大师生一般都是照常上课的。

跑警报大都没有准地点，漫山遍野。但人也有习惯性，跑惯了哪里，愿意上哪里。大多是找一个坟头，这样可以靠靠。昆明的坟多有碑，碑上除了刻下坟主的名讳，还刻出"×山×向"，并开出坟茔的"四至"。这风俗我在别处还未见过。这大概也是一种古风。

说是漫山遍野，但也有几个比较集中的"点"。古驿道的一侧，靠近语言研究所资料馆不远，有一片马尾松林，就是一个点。这地方除了离学校近，有一片碧绿的马尾松，树下一层厚厚的干了的松毛，很软和，空气好，——马尾松挥发出很重的松脂气味，晒着从松枝间漏下的阳光，或仰面看松树上面的蓝得要滴下来的天空，都极舒适外，是因为这里还可以买到各种零吃。昆明做小买卖的，有了警报，就把担子挑到郊外来了。五味俱全，什么都有。最常见的是"丁丁糖"。"丁丁糖"即麦芽糖，也就是北京人祭灶用的关东糖，不过做成一个直径一尺多，厚可一寸许的大糖饼，放在四方的木盘上，有人掏钱要买，糖贩即用一个刨刃形的铁片揳入糖边，然后用一个小小铁锤，一击铁片，丁的一声，一块糖就震裂下来了，——所以叫作"丁丁糖"，其次是炒松子。昆明松子极多，个大皮薄仁饱，很香，也很便宜。我们有时能在松树下面捡到一个很大的成熟了的生的松球，就掰开鳞瓣，一颗一颗地吃起来。——那时候，我们的牙都很好，那么硬的松子壳，一嗑就开了！

另一个集中点比较远，得沿古驿道走出四五里，驿道右侧较高的土山上有一横断的山沟（大概是哪一年地震造成的），沟深约三丈，沟口有二丈多宽，沟底也宽有六七尺。这是一个很好的天然防空沟，日本飞机若是投弹，只要不是直接命中，落在沟里，即便是在沟顶上爆炸，弹片也不易蹦进来。机枪扫射也不要紧，沟的两壁是死角。这道沟可以容数百人。有人常到这里，就利用闲空，在沟壁上修了一些私人专用的防空洞，大小不等，形式不一。这些防空洞不仅表面光洁，有的还用碎石子或破瓷片嵌出图案，缀成对联。对联大都有新意。我至今记得两副，一副是：

　　人生几何
　　恋爱三角

一副是：

　　见机而作
　　入土为安

对联的嵌缀者的闲情逸致是很可叫人佩服的。前一副也许是有感而发，后一副却是纪实。

警报有三种。预行警报大概是表示日本飞机已经起飞。拉空袭警报大概是表示日本飞机进入云南省境了，但是进云南省不一定到昆明来。等到汽笛拉了紧急警报：连续短音，这才可以肯定是朝昆明来的。空袭警报到紧急警报之间，有时要间隔很长时间，所以到了这里的人都不忙下沟——沟里没有太阳，而且过早地像云冈石佛似的坐在洞里也很无聊，大都先在沟上看书、闲聊、打桥牌。很多人听到紧急警报还不动，因为紧急警报后日本飞机也不定准来，常常是折飞到别处去了。要一直等到看见飞机的影子了，这才一骨碌站起来，下沟，进洞。联大的学生，以及住在昆明的人，对跑警报太有经验了，从来不仓皇失措。

上举的前一副对联或许是一种泛泛的感慨，但也是有现实意义的。跑警报是谈恋爱的机会。联大同学跑警报时，成双作对的很多。空袭警报一响，男的就在新校舍的路边等着，有时还提着一袋点心吃食，宝珠梨、花生米……他等的女同学来了，"嗨！"于是欣然并肩走出新校舍的后门。跑警报说不上是同生死，共患难，但隐隐约约有那么一点危险感，和看电影、遛翠湖时不同。这一点危险感使两方的关系更加亲近了。女同学乐于有人伺候，男同学也正好殷勤照顾，表现一点骑士风度。正如孙悟空在高老庄所说："一来医得眼好，二来又照顾了郎中，这是凑四合六的买卖。"从这点来说，跑警报是颇为罗曼蒂克的。有恋爱，就有三角，有失恋。跑警报的"对儿"并非总是固定的，有时一方被另一方"甩"了，两人"吹"了，"对儿"就要重新组合。写（姑且叫作"写"吧）那副对联的，大概就是一位被"甩"的男同学。

不过，也不一定。

警报时间有时很长，长达两三个小时，也很"腻歪"。紧急警报后，日本飞机轰炸已毕，人们就轻松下来。不一会儿，"解除警报"响了：汽笛拉长音，大家就起身拍拍尘土，络绎不绝地返回市里。也有时不等解除警报，很多人就往回走：天上起了乌云，要下雨了。一下雨，日本飞机不会来。在野地里被雨淋湿，可不是事！一有雨，我们有一个同学一定是一马当先往回奔，就是前面所说那位报告预行警报的姓侯的。他奔回新校舍，到各个宿舍搜罗了很多雨伞，放在新校舍的后门外，见有女同学来，就递过一把。他怕这些女同学挨淋。这位侯同学长得五大三粗，却有一副贾宝玉的心肠。大概是上了吴雨僧先生的《红楼梦》的课，受了影响。侯兄送伞，已成定例。警报下雨，一次不落。名闻全校，贵在有恒。——这些伞，等雨住后他还会到南院女生宿舍去敛回来，再归还原主的。

跑警报，大都要把一点值钱的东西带在身边。最方便的是金子——金戒指。有一位哲学系的研究生曾经做了这样的逻辑推理：有人带金子，必有人会丢掉金子，有人丢金子，就会有人捡到金子，我是人，故我可以捡到金子。因此，他跑警报时，特别是解除警报以后，他每次都很留心地巡视路面。他当真两次捡到过金戒指！逻辑推理有此妙用，大概是教逻辑学的金岳霖先生所未料到的。

联大师生跑警报时没有什么可带，因为身无长物，一般大都是带两本书或一册论文的草稿。有一位研究印度哲学的金先生每次跑警报总要提了一只很小的手提箱。箱子里不是什么别的东西，是一个女朋友写给他的信——情书。他把这些情书视如性命，有时也会拿出一两封来给别人看。没有什么不能看的，因为没有卿卿我我的肉麻的话，只是一个聪明女人对生活的感受，文字很俏皮，充满了英国式的机智，是一些很漂亮的 Essay[1]，字也很秀气。这些信实在是可以拿来出版的。金先生辛辛苦苦地保存了多年，现在大概也不知去向了，可惜。我看过这个女人的照片，人长得就像她写的那些信。

联大同学也有不跑警报的，据我所知，就有两人。一个是女同学，姓罗。一有警报，她就洗头。别人都走了，锅炉房的热水没人用，她可以敞开来洗，要多少水有多少水！另一个是一位广东同学，姓郑。他爱吃莲子。一有警报，他就用一个大漱口缸到锅炉火口上去煮莲子。警报解除了，他的莲子也烂了。有一次日本飞机炸了联大，昆明北院、南院，都落了炸弹，这位郑老兄听着炸弹乒乒乓乓在不远的地方爆炸，依然在新校舍大图书馆旁的锅炉上神色不动地搅和他的冰糖莲子。

抗战期间，昆明有过多少次警报，日本飞机来过多少次，无法统计。自然也死了一些人，毁了一些房屋。就我的记忆，大东门外，有一次日本飞机机枪扫射，田地里死的人较多。大西门外小树林里曾炸死了好几匹驮木柴的马。此外似无较大伤亡。警报、轰炸，并没有使人产生血肉横飞，一片焦土的印象。

---

[1] 意为文章。

日本人派飞机来轰炸昆明，其实没有什么实际的军事意义，用意不过是吓唬吓唬昆明人，施加威胁，使人产生恐惧。他们不知道中国人的心理是有很大的弹性的，不那么容易被吓得魂不附体。我们这个民族，长期以来，生于忧患，已经很"皮实"了，对于任何猝然而来的灾难，都用一种"儒道互补"的精神对待之。这种"儒道互补"的真髓，即"不在乎"。这种"不在乎"精神，是永远征不服的。

为了反映"不在乎"，作《跑警报》。

公共汽车

汪曾祺

你知道，北京的公共汽车有多挤。

在公共汽车上工作，这是对付人的工作，不是对付机器。

去年，在公共汽车上，我的孩子问我："小驴子有舅舅吗？"他在路上看到一只小驴子；他自己的舅舅前两天刚从桂林来，开了几天会，又走了。

　　今年，在公共汽车上，我的孩子告诉我："这是洒水车，这是载重汽车，这是老吊车……我会画大卡车。我们托儿所有个小朋友，他画得棒极了，他什么都会画，他……"

　　我的孩子跟我说了不止一次了："我长大了开公共汽车！"我想了一想，我没有意见。不过，这一来，每次上公共汽车，我就只好更得顺着他了。从前，一上公共汽车，我总是向后面看看，要是有座位，能坐一会儿也好嘛。他可不，一上来就往前面钻。钻到前面干什么呢？站在那里看司机叔叔开汽车。起先他问我为什么前面那个表旁边有两个扣子大的小灯，一个红的，一个黄的？为什么亮了——又慢慢地灭了？我以为他发生兴趣的也就是这两个小灯；后来，我发现并不是的，他对那两个小灯已经颇为冷淡了，但还是一样一上车就急忙往前面钻，站在那里看。我知道吸引住他的早就已经不是小红灯小黄灯，是人开汽车。我们曾经因为意见不同而发生过不愉快。有一两次因为我不很了解，没有尊重他的愿望，一上车就抱着他到后面去坐下了，及至发觉，则已经来不及了，前面已经堵得严严的，怎么也挤不过去了。于是他跟我吵了一路。"我说上前面，你定要到后面来！"——"你没有说呀！"——"我说了！我说了！"——他是没有说，不过他在心里是说了。"现在去也不行啦，这么多人！"——"刚才没有人！刚才没有人！"这以后，我就尊重他了，甭想再坐了。但是我"从思想里明确起来"，则还在他宣布了他的志愿以后。从此，一上车，我就立刻往右拐，几乎已经成了本能，简直比他还积极。有时前面人多，我也带着他往前挤："劳驾，劳驾，我们这孩子，唉！要看开汽车，咳……"

开公共汽车，这实在也不坏。

开公共汽车，这是一桩复杂的、艰巨的工作。开公共汽车，这不是开普通的汽车。你知道，北京的公共汽车有多挤。在公共汽车上工作，这是对付人的工作，不是对付机器。

在北京的公共汽车上工作的，开车的、售票的，绝大部分是一些有本事的、精干的人。我看过很多司机，很多售票员。有一些，确乎是不好的。我看过一个面色苍白的、萎弱的售票员，他几乎一早上出车时就打不起精神来。他含含糊糊地、口齿不清地报着站名，吃力地点着钱，划着票；眼睛看也不看，带着淡淡的怨气呻吟着："不下车的往后面走走，下面等车的人很多……"也有的司机，在车子到站，上客下客的时候就休息起来，或者看他手上的表，驾驶台后面的事他满不关心。但是我看过很多精力旺盛的、机敏灵活的、不疲倦的售票员。我看到过一个长着浅浅

的兜腮胡子和一对乌黑的大眼睛的角色，他在最挤的一趟车快要
到达终点站的时候还是声若洪钟。一副配在最大的演出会上报幕
的真正漂亮的嗓子。大声地说了那么多话而能一点不声嘶力竭、
气急败坏，这不只是个嗓子的问题。我看到过一个家伙，他每次
都能在一定的地方，用一定的速度报告下车之后到什么地方该换
乘什么车，他的声音是比较固定的，但是保持着自然的语调高
低，咬字准确清楚，没有像有些售票员一样把许多字音吃了，并
且因为把两个字音搭起来变成一种特殊的声调，没有变成一种过
分职业化的有点油气的说白，没有把这个工作变成一种仅具形式
的玩弄——而且，每一次他都是恰好把最后一句话说完，车也就
到了站，他就在最后一个字的尾音里拉开了车门，顺势弹跳下
车。我看见过一个总是高高兴兴而又精细认真的小伙子。那是夏
天，他穿一件背心，已经完全汗湿了而且弄得颇有点污脏了，但
是他还是笑嘻嘻的。我看见他很亲切地请一位乘客起来，让一
位怀孕的女同志坐，而那位女同志不坐，说她再有两站就下车
了。"坐两站也好嘛！"她竟然坚持不坐，于是他只好无可奈何
地笑一笑；车上的人也都很同情他的笑，包括那位刚刚站起来的
乘客，这个座位终于只是空着，尽管车上并不是不挤。车上的人
这时想到的不是自己要不要坐下，而是想的另外一类的事情。有
那样的售票员，在看见有孕妇、老人、孩子上车的时候也说一
声："劳驾来，给孕妇、抱小孩的让个座吧！"说完了他就不管
了。甚至有的说过了还急忙离孕妇、老人远一点，躲开抱着孩子
的母亲向他看着的眼睛，他怕真给找起座位来麻烦，怕遇到蛮横

的乘客惹起争吵，他没有诚心，在困难面前退却了。他不。对于他所提出的给孕妇、老人、孩子让座的请求是不会有人拒绝，不会不乐意的，因为他确是在关心着老人、孕妇和孩子，不只是履行职务，他是要想尽办法使他们安全，使他们比较舒适的，不只是说两句话。他找起座位来总是比较顺利，用不了多少时候，所以耽误不了别的事。这不是很奇怪吗？是的，了解一个人的品德并不很难，只要看看他的眼睛。我看见，在车里人比较少一点的时候，在他把票都卖完了的时候，他和一个学生模样的女孩子在闲谈，好像谈她的姨妈怎么怎么的，看起来，这女孩子是他一个邻居。而，当车快到站的时候，他立刻很自然地结束了谈话，扬声报告所到的站名和转乘车辆的路线，打开车门，稳健而灵活地跳下去。我看见，他的背心上印着字：一九五五年北京市公共汽车公司模范售票员；底下还有一个号码，很抱歉，我把它忘了。当时我是记住的，我以为我不会忘，可是我把它忘了。我对记数目字太没有本领了——是二二五？是不是？现在是六点一刻，他就要交班了。他到了家，洗一个澡，一定会换一身干干净净的、雪白的衬衫，还会去看一场电影。会的，他很愉快，他不感到十分疲倦。是和谁呢？是刚才车上那个女孩子吗？这小伙子有一副招人喜欢的体态：文雅。多么漂亮，多有出息的小伙子！祝你幸福……

　　我看到过一个司机。就是跟那个苍白的、疲乏的售票员在一辆车上的司机。这是一个沉默寡言的、冷静的人，有四十多岁，一张瘦瘦的黑黑的脸，脸上没有什么表情。这个人，车是开得好的；在路上遇到什么人乱跑或者前面的自行车把不住方向，情况颇为紧急时，从不大惊小怪，不使得一车的人都急忙伸出头来往外看，也不大声呵斥骑车行路的人。这个人，一到站，就站起来，转身向后，偶尔也伸出手来指点一下："那位穿蓝制服的，你要到西单才下车，请你往后走走。拿皮包的那位同志，请你偏过身子来，让这位老太太下车。车下有一个孕妇，坐专座的同志，请你站起来。往后走，往后走，后面还有地方，还可以再往后走。"很奇怪，车上的人就在他的这样的简单的、平淡的话的指挥之下，变得服服帖帖，很有秩序。他从来不呼吁，不请求，不道"劳驾"，不说"上下班的时候，人多，大家挤挤！""大礼拜六的，谁不想早点回家呀，挤挤，挤挤，多上一个好一个！""外边下着雨，互相多照顾照顾吧，都上来了最好！""上不来了！后边车就来啦！我不愿意多上几个呀！我愿意都上来才好哩，也得挤得下呀！"他不说这些！这个人身上有一种奇特的东西，那就是：坚定、自信。我看了看车上钉着的"公共汽车司机售票员守则"，有一条，是"负责疏导乘客"，"疏导"，这两个字是谁想出来的？这实在很好，这用在他身上是再恰当也没有了。于此可见，语言，是得要从生活里来的。我再看看"公约"，"公约"的第一条是："热爱乘客。"我想了想，像他这样，是"热爱"吗？我想，是的，是热爱，这样冷静、坚定，也是热爱，正如同那二二五号的小伙子的开朗的笑容是热爱一样……

人，是有各色各样的人的。

……我的孩子长大了要开公共汽车，我没有意见。

对广告的
逆反心理

季羡林

大的广告可以占一个整版；小的则可怜兮兮地只有几行，

挤在密密麻麻的广告丛林中，活像一个瘪三。

我没有研究过广告学。我只是朦朦胧胧地知道，商品一产生，就会有广告。常言道："老王卖瓜，自卖自夸。"不然，"人家的卖了，自己的剩下。"这是人之常情。

　　到了今天，在所谓信息爆炸的时代里，广告的作用更是空前高涨。一走出家门，满世界皆广告也。在摩天大楼上，在比较低的房屋上，在路旁特别搭建的牌子上，在旮旮旯旯令人不太注意的地方，在车水马龙中的大小汽车上，在一个人蹬车送货的小平板车上。总之，说不完，道不尽，到处都是广告。广告的制作又是五花八门，五光十色，让人看了，目不暇接，晕头转向。制作者都是老王，没有老张和老李。你若都信，必将无所适从，堕入一个大糊涂中。

　　回到家里，打开报纸，不管是日报、晨报、晚报；也不管是大型的一天几十版，还是小型的一天只有几版，内容百分之六七十至八九十都是广告。大的广告可以占一个整版；小的则可怜兮兮地只有几行，挤在密密麻麻的广告丛林中，活像一个瘪三。大的广告固然能起作用，小的也会起的。听说广告费是很高的，不起作用，谁肯花钱？

　　一打开电视，又是广告的一统天下。人们之所以要看电视，主要是想对国家大事和世界大事有所了解。至于商品或其他广告，虽然也能带来信息，但不能以此为主。可是现在的电视，除了"广告时间"以外，随时都能插入广告。有时候，在宣布了消息内容之后即将播报之时，突然切入广告，据说这个出钱最多，可是对我这样的想听消息者，却如咽喉里卡上了一块骨头。

广告之多，我举一个小例子。北京电视台一台，每晚六点至六点半是体育新闻。我先声明一句，这不是唯一的一次，后面还有。但是，仅就这一次而论，在半小时内，前面卡头，是十分钟的广告时间，然后是真正的体育新闻。播了不久，忽然出现了"广告之后，马上回来"的字样，于是又占去几分钟。最后还要去尾，一去又是十分钟，当然都是广告。观众同志们！你们想一想：这叫什么"体育新闻"！

最令人难以承受的，还数不上广告多，而是广告重复。一个晚上重复几次，有时候还是必要的。但几分钟内就重复二三次，实在难以忍受。重复的主题，时常变换。眼前的主题是美国的×××牙膏。让几个天真无邪的中国小孩，用铜铃般清脆悦耳的声音，高声赞美×××牙膏，并打出字幕：×××公司"美（国）化"你的生活。一次出现，尚能看下去，一二分钟后，立即又出现，实在超出了我的忍耐的限度。我双手捂耳，双眼紧闭，耳不听不烦，眼不见为净。嘴里数着一二三四，希望在二十以内，熬过这一场灾难。

为什么这样重复呢？从前听一位心理专家说，重复的频率越高，对记忆越有好处。等到频率达到了一定的高度，记忆就永志不忘了。

说不说由你，听不听由我。我不知道，广告学中有没有逆反心理这样一章。我也不知道，逆反心理是否每一个人都有。反正我自己是有的，而且很强烈。碰到我这样的牛皮筋，重复得越多，也就是说，广告费花得越多，效果反而越低。最后低到我发誓永远不买这种牙膏，不管它有多好。我现在不知道，广告学家，以及兜售商品的专家看了我这个怪论做何感想。

不管做什么样的广告，也不管出现的频率多少，其目的无非是美化自己的商品，唤起消费者的注意，心甘情愿地挖自己的腰包，结果是产品商人赚了钱。至于商品究竟怎样，商人心里有数，而消费者则心中无底，一切尽在不言中了。

广告真能赚钱吗？斩钉截铁地说一句：真能赚钱，甚至赚大钱。空口无凭，举例为证。前几年，山东出了一种名酒，一时誉满京华，大小宾馆，凡宴客者无不备有此酒。自称是深知内情的人说——当然是形象的说法——山东这个酒厂一天开进广播电台一辆桑塔纳，开出的却是一辆奥迪。然而曾几何时，这一切都已烟消云散，现在北京知道那一种名酒的人，恐怕不太多了。

我之所以写这一篇短文，绝不是想反对广告。到了今天，广告的作用越来越大，当顺其势而用之，决不能逆其势而反之。这里有两点要绝对注意：第一，对商品要尽量说实话，决不假冒伪劣；第二，广告做得不得当，会引起逆反心理。我在别的地方曾讲到要有品牌意识。一个名牌，往往是几代人惨淡经营的结果，来之不易，破坏起来却不难。我注意到，在今天包装改革的大潮中，外面的包装一改，里面的商品就可能变样变味。我认为，这是眼前的重大问题，希望商品生产者——特别是名牌的生产者切莫掉以轻心。

一条老狗

季羡林

它究竟趴了多久，我不知道，也许最终是饿死的。

我相信，就是饿死，它也会死在那个破篱笆门口，

后面是大坑里透过苇丛闪出来的水光。

自己也不知道是什么原因，我总会不时想起一条老狗来。在过去七十年的漫长的时间内，不管我是在国内，还是在国外，不管我是在亚洲、在欧洲、在非洲，一闭眼睛，就会不时有一条老狗的影子在我眼前晃动，背景是在一个破破烂烂篱笆门前，后面是绿苇丛生的大坑，透过苇丛的疏隙处，闪亮出一片水光。

　　这究竟是怎么一回事呢？

　　无论用多么夸大的词句，也决不能说这一条老狗是逗人喜爱的。它只不过是一条最普普通通的狗，毛色棕红，灰暗，上面沾满了碎草和泥土，在乡村群狗当中，无论如何也显不出一点特异之处，既不凶猛，又不魁梧。然而，就是这样一条不起眼儿的狗却揪住了我的心，一揪就是七十年。

　　因此，话必须从七十年前说起。当时我还是一个不谙世事的毛头小伙子，正在清华大学读西洋文学系二年级。能够进入清华园，是我平生最满意的事情，日子过得十分惬意。然而，好景不长。有一天，是在秋天，我忽然接到从济南家中打来的电报，只是四个字："母病速归。"我仿佛是劈头挨了一棒，脑筋昏迷了半天。我立即买好了车票，登上开往济南的火车。

我当时的处境是，我住在济南叔父家中，这里就是我的家，而我母亲却住在清平官庄的老家里。整整十四年前，我六岁的那一年，也就是一九一七年，我离开了故乡，也就是离开了母亲，到济南叔父处去上学。我上一辈共有十一位叔伯兄弟，而男孩却只有我一个。济南的叔父也只有一个女孩，于是，在表面上我就成了一个宝贝蛋。然而真正从心眼里爱我的只有母亲一人，别人不过是把我看成能够传宗接代的工具而已。这一层道理一个六岁的孩子是无法理解的。可是离开母亲的痛苦我却是理解得又深又透的。到了济南后第一夜，我生平第一次不在母亲怀抱里睡觉，而是孤身一个人躺在一张小床上，我无论如何也睡不着，我一直哭了半夜。这是怎么一回事呀！为什么把我弄到这里来了呢？"可怜小儿女，未解忆长安。"母亲当时的心情，我还不会去猜想。现在追忆起来，她一定会是肝肠寸断，痛哭绝不止半夜。现在，这已成了一个万古之谜，永远也不会解开了。

从此我就过上了寄人篱下的生活。我不能说，叔父和婶母不喜欢我，但是，我唯一被喜欢的资格就是——我是一个男孩。不是亲生的孩子同自己亲生的孩子感情必然有所不同，这是人之常情，用不着掩饰，更用不着美化。我在感情方面不是一个麻木的人，一些细微末节，我体会极深。常言道，没娘的孩子最痛苦。我虽有娘，却似无娘，这痛苦我感受得极深。我是多么想念我故乡里的娘呀！然而，天地间除了母亲一个人外有谁真能了解我的心情我的痛苦呢？因此，我半夜醒来一个人偷偷地在被窝里吞声饮泣的情况就越来越多了。

在整整十四年中，我总共回过三次老家。第一次是在我上小学的时候，为了奔大奶奶之丧而回家的。大奶奶并不是我的亲奶奶，但是从小就对我疼爱异常。如今她离开了我们，我必须回家，这似乎是天经地义的事情。这一次我在家只住了几天，母亲异常高兴，自在意中。第二次回家是在我上中学的时候，原因是父亲卧病。叔父亲自请假回家，看自己共过患难的亲哥哥。这次在家住的时间也不长。我每天坐着牛车，带上一包点心，到离我们村相当远的一个大地主兼中医的村里去请他，到我家来给父亲看病，看完再用牛车送他回去。路是土路，坑洼不平，牛车走在上面，颠颠簸簸，来回两趟，要用去差不多一整天的时间。至于医疗效果如何呢？那只有天晓得了。反正父亲的病没有好，也没有变坏。叔父和我的时间都是有限的，我们只好先回济南。过了没有多久，父亲终于走了。一叔到济南来接我回家。这是我第三次回家，同第一次一样，专为奔丧。在家里埋葬了父亲，又住了几天。现在家里只剩下了母亲和二妹两个人。家里失掉了男主人，一个妇道人家怎样过那种只有半亩地的穷日子，母亲的心情怎样，我只有十一二岁，当时是难以理解的。但是，我仍然必须离开她到济南去继续上学。在这样万般无奈的情况下，但凡母亲还有不管是多么小的力量，她也决不会放我走的。可是，她连一丝一毫的力量也没有。她一字不识，一辈子连个名字都没有能够取上，做了一辈子"季赵氏"。到了今天，父亲一走，她怎样活下去呢？她能给我饭吃吗？不能的，决不能的。母亲心内的痛苦和忧愁，连我都感觉到了。最后，她只能眼睁睁地看着自己最亲爱的孩子离开了自己，走了，走了。谁会知道，这是她最后一次看到自己的儿子呢？谁会知道，这也是我最后一次见到母亲呢？

回到济南以后，我由小学而初中，由初中而高中，由高中而到北京来上大学，在长达八年的过程中，我由一个混混沌沌的小孩子变成了一个青年人，知识增加了一些，对人生了解得也多了不少。对母亲当然仍然是不断想念的。但在暗中饮泣的次数少了，想的是一些切切实实的问题和办法。我梦想，再过两年，我大学一毕业，由于出身一个名牌大学，抢一只饭碗是不成问题的。到了那时候，自己手头有了钱，我将首先把母亲迎至济南。她才四十来岁，今后享福的日子多着哩。

可是我这一个奇妙如意的美梦竟被一张"母病速归"的电报打了个支离破碎。我现在坐在火车上，心惊肉跳，忐忑难安。哈姆莱特问的是 to be or not to be[1]，我问的是母亲是病了，还是走了？我没有法子求签占卜，可我又偏想知道个究竟，我于是自己想出了一套占卜的办法。我闭上眼睛，如果一睁眼我能看到一根电线杆，那母亲就是病了；如果看不到，就是走了。当时火车速度极

---

[1] 意为生存还是毁灭。

慢，从北京到济南要走十四五个小时。就在这样长的时间内，我闭眼又睁眼反复了不知多少次。有时能看到电线杆，则心中一喜。有时又看不到，心中则一惧。到头来也没能得出一个肯定的结果。我到了济南。

到了家中，我才知道，母亲不是病了，而是走了。这消息对我真如五雷轰顶，我昏迷了半晌，躺在床上哭了一天，水米不曾沾牙。悔恨像大毒蛇直刺入我的心窝。在长达八年的时间内，难道你就不能在任何一个暑假内抽出几天时间回家看一看母亲吗？二妹在前几年也从家乡来到了济南，家中只剩下母亲一个人，孤苦伶仃，形单影只，而且又缺吃少喝，她日子是怎么过的呀！你的良心和理智哪里去了？你连想都不想一下吗？你还能算得上一个人吗？我痛悔自责，找不到一点能原谅自己的地方。我一度曾想到自杀，追随母亲于地下。但是，母亲还没有埋葬，不能立即实行。在极度痛苦中我胡乱诌了一副挽联：

一别竟八载，多少次倚闾怅望，眼泪和血流，迢迢玉宇，高处寒否？

为母子一场，只留得面影迷离，入梦浑难辨，茫茫苍天，此恨曷极！

对仗谈不上，只不过想聊表我的心情而已。

叔父婶母看着苗头不对，怕真出现什么问题，派马家二舅陪我还乡奔丧。到了家里，母亲已经成殓，棺材就停放在屋子中间。只隔一层薄薄的棺材板，我竟不能再见母亲一面，我与她竟是人天悬隔矣。我此时如万箭钻心，痛苦难忍，想一头撞死在母亲棺材上，被别人死力拽住，昏迷了半天，才醒转过来。抬头看屋中的情况，真正是家徒四壁，除了几只破椅子和一只破箱子以外，什么都没有。在这样的环境中，母亲这八年的日子是怎样过的，不是一清二楚了吗？我又不禁悲从中来，痛哭了一场。

现在家中已经没了女主人，也就是说，没有了任何人。白天我到村内二大爷家里去吃饭，讨论母亲的安葬事宜。晚上则由二大爷亲自送我回家。那时村里不但没有电灯，连煤油灯也没有。家家都点豆油灯，用棉花条搓成灯捻，只不过是有点微弱的亮光而已。有人劝我，晚上就睡在二大爷家里，我执意不肯。让我再陪母亲住上几天吧。在茫茫百年中，我在母亲身边只住过六年多，现在仅仅剩下了几天，再不陪就真正抱恨终天了。于是，二大爷就亲自提一个小灯笼送我回家。此时，万籁俱寂，宇宙笼罩在一片黑暗中，只有天上的星星在眨眼，仿佛闪出一丝光芒。全村没有一点亮光，没有一点声音。透过大坑里芦苇的疏隙闪出一点水光。走近破篱笆门时，门旁地上有一团黑东西，细看才知道是一条老狗，静静地卧在那里。狗们有没有思想，我说不准，但感情的确是有的。这一条老狗几天来大概是陷入困惑中：天天喂我的女主人怎么忽然不见了？它白天到村里什么地方偷一点东西吃，立即回到家里来，静静地卧在篱笆门旁。见了我这个小伙子，它似乎感到我也是这家的主人，同女主人有点什么关系，因此见到了我并不咬我，有时候还摇摇尾巴，表示亲昵。那一天晚上我看到的就是这一条老狗。

我孤身一个人走进屋内，屋中停放着母亲的棺材。我躺在里面一间屋子里的大土炕上，炕上到处是跳蚤，它们勇猛地向我发动进攻。我本来就毫无睡意，跳蚤的干扰更加使我难以入睡了。我此时孤身一人陪伴着一具棺材。我是不是害怕呢？不，一点也不。虽然是可怕的棺材，但里面躺的人却是我的母亲。她永远爱她的儿子，是人，是鬼，都决不会改变的。

正在这时候，在黑暗中外面走进来一个人，听声音是对门的宁大叔。在母亲生前，他帮助母亲种地，干一些重活，我对他真是感激不尽。他一进屋就高声说："你娘叫你哩！"我大吃一惊：母亲怎么会叫我呢？原来宁大婶撞客了，撞着的正是我母亲。我赶快起身，走到宁家。在平时这种事情我是绝对不会相信的，此时我却是心慌意乱了。只听从宁大婶嘴里叫了一声："喜子呀！娘想你啊！"我虽然头脑清醒，然而却泪流满面。娘的声音，我八年没有听到了。这一次如果是从母亲嘴里说出来的，那有多好啊！然而却是从宁大婶嘴里，但是听上去确实像母亲当年的声音。我信呢，还是不信呢，你不信能行吗？我糊里糊涂地如醉似痴地走了回来。在篱笆门口，地上黑黢黢的一团，是那一条忠诚的老狗。

我又躺在炕上，无论如何也睡不着了，两只眼睛望着黑暗，仿佛能感到自己的眼睛在发亮。我想了很多很多，八年来从来没有想到的事，现在全想到了。父亲死了以后，济南的经济资助几乎完全断绝，母亲就靠那半亩地维持生活，她能吃得饱吗？她一定是天天夜里躺在我现在躺的这一个土炕上想她的儿子，然而儿子却音信全无。她不识字，我写信也无用。听说她曾对人说过："如果我知道他一去不回头的话，我无论如何也不会放他走的！"这一点我为什么过去一点也没有想到过呢？古人说："树欲静而风不止，子欲养而亲不待。"现在这两句话正应在我的身上，我亲自感受到了；然而晚了，晚了，逝去的时光不能再追回了！"长夜漫漫何时旦？"我盼天赶快亮。然而，我立刻又想到，我只是一次度过这样痛苦的漫漫长夜，母亲却度过了将近三千次。这是多么可怕的一段时间啊！在长夜中，全村没有一点灯光，没有一点声音，黑暗仿佛凝结成为固体，只有一个人还瞪大了眼睛在玄想，想的是自己的儿子。伴随她的寂寥的只有一个动物，就是篱笆门外静卧的那一条老狗。想到这里，我无论如何也不敢再想下去了；如果再想下去的话，我不知道会出现什么样的情况。

母亲的丧事处理完，又是我离开故乡的时候了。临离开那一座破房子时，我一眼就看到那一条老狗仍然忠诚地趴在篱笆门口，见了我，它似乎预感到我要离开了，它站了起来，走到我跟前，在我腿上擦来擦去，对着我尾巴直摇。我一下子泪流满面，我知道这是我们的永别，我俯下身，抱住了它的头，亲了一口。我很想把它抱回济南，但那是绝对办不到的。我只好一步三回首地离开了那里，眼泪向肚子里流。

到现在这一幕已经过去了七十年，我总是不时想到这一条老狗。女主人没了，少主人也离开了，它每天到村内找点东西吃，究竟能够找多久呢？我相信，它绝不会离开那个篱笆门口的，它会永远趴在那里的，尽管脑袋里也会充满了疑问。它究竟趴了多久，我不知道，也许最终是饿死的。我相信，就是饿死，它也会死在那个破篱笆门口，后面是大坑里透过苇丛闪出来的水光。

我从来不信什么轮回转生；但是，我现在宁愿信上一次。我已经九十岁了，来日苦短了。等到我离开这个世界以后，我会在天上或者地下什么地方与母亲相会，趴在她脚下的仍然是这一条老狗。

还乡记

郁达夫

横竖是不够的，节省这个钱，有什么意思，还是吃吧！

一

大约是午前四五点钟的样子，我的过敏的神经忽而颤动了起来。张开了半只眼，从枕上举起非常沉重的头，半醒半觉地向窗外一望，我只见一层灰白色的云丛，密布在微明的空际，房里的角上桌下，还有些暗夜的黑影流荡着，满屋沉沉，只充满了睡声，窗外也没有群动的声息。

"还早哩！"

我的半年来睡眠不足的昏乱的脑筋，这样的忖度了一下，将还有些昏痛的头颅仍复投上了草枕，睡着了。

第二次醒来，急急地跳出了床，跑到窗前去看跑马厅的大自鸣钟的时候，我的心里忽而起了一阵狂跳。我的模糊的睡眼，虽看不清那大自鸣钟的时刻，然而我的第六官却已感得了时间的迟暮，八点钟的快车大约总赶不到了。

天气不晴也不雨，天上只浮满了些不透明的白云，黄梅时节将过的时候，像这样的天气原是很多的。

　　我一边跑下楼去匆匆地梳洗，一边催听差的起来，问他是什么时候。因为我的一个镶金的钢表，在东京换了酒吃，一个新买的爱而近，去年在北京又被人偷了去，所以现在只落得和桃花源里的乡老一样，要知道时刻，只能问问外来的捕鱼者"今是何世？"听说是七点三刻了，我忽而衔了牙刷，莫名其妙地跑上楼跑下楼地跑了几次，不消说心中是在懊恼的。忙乱了一阵，后来又仔细想了一想，觉得终究是赶不上八点的早车了，我的心倒渐渐地平静了下去。慢慢地洗完了脸，换了衣服，我就叫听差的去雇了一乘人力车来，送我上火车站去。

　　我的故乡在富春山中，正当清冷的钱塘江的曲处。车到杭州，还要在清流的江上坐两点钟的轮船。这轮船有午前午后两班，午前八点，午后两点，各有一只同小孩的玩具似的轮船由江干开往桐庐去的。若在上海乘早车动身，则午后四五点钟，当午睡初醒的时候，我便可到家，与闺中的儿女相见，但是今天已经是不行了。

　　不能即日回家，我就不得不在杭州过夜，但是羞涩的阮囊，连买半斤黄酒的余钱也没有的我的境遇，教我哪里更能忍此奢侈。我心里又发起恼来了。可恶的我的朋友，你们既知道我今天早晨要走，昨夜就不该谈到这样的时候才回去的。可恶的是我自己，我已决定于今天早晨走，就不该拉住了他们谈那些无聊的闲话的。这些也不知是从哪里来的话？这些话也不知有什么兴趣？但是我们几个人愁眉蹙额地聚首的时候，起先总是默默，后来一句两句，话题一开，便倦也忘了，愁也丢了，眼睛就放起怖人的光来了，有时高笑，有时痛哭，讲来讲去，去岁今年，总还是这几句话：

"世界真是奇怪，像这样轻薄的人，也居然能成中国的偶像的。"

"正唯其轻薄，所以能享盛名。"

"他的著作是什么东西呀！连抄人家的著书还要抄错！"

"唉唉！"

"还有××呢！比××更卑鄙，更不通，而他享的名誉反而更大！"

"今天在车上看见的那个犹太女子真好哩！"

"她的屁股真大得爱人。"

"她的臂膊！"

"啊啊！"

"恩斯来的那本《彭思生里参拜记》，你念到什么地方了？"

"三个东部的野人，

三个方正的男子，

他们起了崇高的心愿，

想去看看什，泻，奥夫，欧耳。"

"你真记得牢！"

像这样的毫无系统，漫无头绪的谈话，我们不谈则已，一谈起头，非要谈到傀儡消尽，悲愤泄完的时候不止。唉，可怜的有识无产者，这些清谈，这些不平，与你们的脆弱的身体，高亢的精神，究有何补？罢了罢了，还是回头到正路上去，理点生产吧！

昨天晚上有几位朋友，也在我这里，谈了些这样的闲话，我入睡迟了，所以弄得今天赶车不及，不得不在西子湖边住宿一宵，我坐在人力车上，孤冷冷地看着上海的清淡的早市，心里只在怨恨朋友，要使我多破费几个旅费。

二

人力车到了北站，站上人物萧条。大约是正在快车开出之后，慢车未发之先，所以现出这沉静的状态。我得了闲空，心里倒生出了一点余裕来，就以北站构内，闲走了一回。因为我此番归去，本来想去看看故乡的景状，能不能容我这零余者回家高卧，所以我所带的，只有两袖清风，一只空袋，和填在鞋底里的几张钞票——这是我的脾气，有钱的时候，老把它们填在鞋子底里。一则可以防止扒手，二则因为我受足了金钱的迫害，借此可以满足我对金钱复仇的心思，有时候我真有用了全身的气力，拼死蹂践它们的举动——而已，身边没有行李，在车站上跑来跑去是非常自由的。

天上的同棉花似的浮云，一块一块地消散开来，有几处竟现出青苍的笑靥来了。灰黄无力的阳光，也有几处看得出来。虽有霏微的海风，一阵阵夹了灰土煤烟，吹到这灰色的车站中间，但是伏天的暑热，已悄悄地在人的腋下腰间送信来了。啊啊！三伏的暑热，你们不要来缠扰我这消瘦的行路病者！你们且上富家的深闺里去，钻到那些丰肥红白的腿间乳下去，把她们的香液蒸发些出来吧！我只有这一件半旧的夏布长衫，若被汗水流污了，那明天就没的更换的呀！

在车站上踏来踏去地走了几遍，站上的行人，渐渐地多起来了。男的女的，行者送者，面上都堆着满贮希望的形容，在那里左旋右转。但是我——单是我一个人——也无朋友亲戚来送我的行，更无爱人女弟来做我的伴，只在脆弱的心中，无端地充满了万千的哀感：

"论才论貌，在中国的二万万男子中间，我也不一定说是最下流的人，何以我会变成这样的孤苦的呢！我前世犯了什么罪来？我生在什么星的底下的？我难道真没有享受快乐的资格的吗？我不能信，我怎么也不能信。"

这样一想，我就跑上车站的旁边入口处去，好像是看见了我认识的一位美妙的女郎来送我回家的样子。刚走到门口，果真见了几个穿时样的白衣裙的女子，正从人力车下来。其中有一个十七八岁的，戴白色运动软帽的女学生，手里提了三个很重的小皮箧，走近了我的身边。我不知不觉竟伸出了一只手去，想为她代拿一个皮箧，好减轻她一点负担，但她站住了脚，放开了黑晶晶的两只大眼反而很诧异地对我看了一眼。

"啊啊！我错了，我昏了，好妹妹，请你不要动怒，我不是坏人，我不是车站上的小窃，不过我的想象力太强，我把你当作了我的想象中的人物，所以得罪了你。恕我恕我，对不起，对不起，你的两眼的责罚，是我所甘受的，你即用了你那只柔软的小手，批我一顿，我也是甘受的，我错了，我昏了。"

我被她的两眼一看，就同将睡的人受了电击一样，立即涨红了脸，发出了一身冷汗，心里作了一遍谢罪之辞，缩回了手，低下了头，匆匆地逃走了。

啊啊！这不是衣锦的还乡，这不是罗皮康（Rubicon）的南渡，有谁来送我的行，有谁来做我的伴呢！我的空想也未免太不自量了，我避开了那个女学生，逃到了车站大门口的边上人丛中躲藏的时候，心里还在跳跃不住。凝神屏气地立了一会儿，向四边偷看了几眼，一种不可捉摸的感情，笼罩上我的全身，我就不得不把我的夏布长衫的小襟拖上面去了。

三

"已经是八点四十五分了。我在这里躲藏也躲藏不过去的，索性快点去买一张票来上车去吧！但是不行不行，两边买票的人这样多，也许她是在内的，我还是上口头的那个近大门的窗口去买吧！这里买票的人正少得很！"

这样打定了主意，我就东探西望地走上了那玻璃窗口，去买了一张车票。伏倒了头，气喘吁吁地跑进了月台，我方晓得刚才买的是一张二等车票，想想我脚下的余钱，又想想今晚在杭州不得不付的膳宿费，我心里忽然清了一清。经济与恋爱是不能两立的，刚才那女学生的事情，也渐渐地被我忘了。

浙江虽是我的父母之邦，但是浙江的知识阶级的腐败，一班教育家政治家对军人的谄媚，对平民的压制，以及小政客的婢妾的行为，无厌的贪婪，平时想起就要使我作呕。所以我每次回浙江去，总抱了一腔羞嫌的恶怀，障扇而过杭州，不愿在西子湖头做半日的勾留。只有这一回到了山穷水尽，我委委颓颓地逃返家中，仍想到我所嫌恶的故土去求一个息壤，投林的倦鸟，返壑的衰狐，当没有我这样的懊丧落胆的。啊啊！浪子的还家，只求老父慈兄，不责备我就对了，哪里还有批评故乡，憎嫌故乡的心思，我一想到这一次的卑微的心境，又不觉泫泫地落下泪来了。

我孤伶仃地坐在车里，看看外面月台上跑来跑去的旅人，和穿黄色制服的挑夫，觉得模糊零乱。他们与我的中间，有一道冰山隔住的样子。一面看看车站附近各工厂的高高的烟囱，又觉得我的头上身边，都被一层灰色的烟雾包围在那里。我深深地吸了一口气，把车窗打开来看梅雨晴时的空际。天上虽还不能说是晴朗，但一斛晴云，和几道光线，是在那里安慰旅人说：

"雨是不会下了，晴不晴开来，却看你们的运气吧！"

不多一忽，火车慢慢儿地开了。北站附近的贫民窟，同坟墓似的江北人的船室，污泥的水潴，晒在坍败的晒台上的女人的小衣，秽布，劳动者的破烂的衣衫等，一幅一幅地呈到我的眼前来，好像是老天故意把人生的疾苦，编成了这一部有系统的记录，来安慰我的样子。

啊啊，载人离别的你这怪兽！你不终不息地前进，不休不止地前进吧！你且把我的身体，搬到世界尽处去，搬入虚无之境去，一生一世，不要停止，尽是行行，行到世界万物都化作青烟，你我的存在都变成乌有的时候，那我就感激你不尽了。

由现代的物质文明产生出来的贫苦之景，渐渐地被大自然掩盖了下去，贫民窟过了，大都会附近之小镇（Vorstadt）过了，路线的两岸，只有平绿的田畴、美丽的别业、洁净的野路和壮健的农夫。在这调和的盛夏的野景中间，就是在路上行走的那一乘黄色人力车夫，也带有些浪漫的色彩。他好像是童话里的人物，并不是因为衣食的原因，却是为了自家的快乐，拉了车在那里行走的样子。若要在这大自然的微笑中间，指出一件令人不快的事物来，那就是野草中间横躺着的棺冢了。穷人的享乐，只有陶醉在大自然怀里的一刹那。在这一刹那中间，他能把现实的痛苦，忘记得干干净净，与悠久的天空，广漠的大地，化而为一。这是何等的残虐，何等的恶毒呢！当这样的地方，这样的时候，偏要把人间的归宿，生物的运命，赤裸裸地指给他看！

我是主张把中国的坟冢，把野外的枯骨，都掘起来付之一炬，或投入汪洋的大海里去的。

四

过了徐家汇，梵王渡，火车一程一程地进去，车窗外的绿色也一程一程地浓润起来了，啊啊，我自失业以来，同鼠子蚊虫，蛰居在上海的自由牢狱里，已经有半年多了。我想不到野外的自然，竟长得如此清新，郊原的空气，会酿得如此爽健的。啊啊，自然呀，大地呀，生生不息的万物呀，我错了，我不应该离开了你们，到那秽浊的人海中间去觅食去的。

车过了莘庄，天完全变晴了。两旁的绿树枝头，蝉声犹如雨降。我侧耳听听，回想我少年时的景象不置。悠悠的碧落，只留着几条云影，在空际作霓裳的雅舞。一道阳光，遍洒在浓绿的树叶，匀称的稻秧，和柔软的青草上面。被黄梅雨盛满的小溪，奇形的野桥，水车的茅亭，高低的土堆，与红墙的古庙，洁净的农场，一幅一幅同电影似的尽在那里更换。我以车窗作了镜框，把这些天然的图画看得迷醉了，直等火车到松江停住的时候止，我的眼睛竟瞬息也没有移动。唉，良辰美景奈何天，我在这样的大自然里怕已没有生存的资格了吧，因为我的腕力，我的精神，都被现代的文明撒下了毒药，恶化成零，我哪里还有执了锄耙，去和农夫耕作的能力呢！

正直的农夫啊，你们是世界的养育者，是世界的主人公，我愿为你们做牛做马，代你们的劳，你们能分一杯麦饭给我吗？

车过了松江，风景又添了一味和平的景色。弯了背在田里工作的农夫，草原上散放着的羊群，平桥浅渚，野寺村场，都好像在那里作会心的微笑。火车飞过一处乡村的时候，一家泥墙草舍里忽有几声鸡唱声音，传了出来。草舍的门口有一个赤膊的农夫，吸着烟站在那里对火车呆看。我看了这样纯朴的村景，就不知不觉地叫了起来：

"啊啊！这和平的村落，这和平的村落，我几年不与你相接了。"大约是叫得太响了，我的前后的同车者，都对我放起惊异的眼光来。幸而这是慢车，坐二等车的人不多，否则我只能半途跳下车去，去躲避这一次的羞耻了。我被他们看得不耐烦，并且肚里也觉得有些饥了，用手向鞋底里摸了一摸，迟疑了一会儿，便叫过茶房来，命他为我搬一客番菜来吃。我动身的时候，脚底下只藏着两张钞票。火车票买后，左脚下的一张钞票已变成了一块多的找头，依理而论是不该在车上大吃的。然而愈有钱愈想节省，愈贫穷愈要瞎花，是一般的心理，我此时也起了自暴自弃的念头：

"横竖是不够的，节省这个钱，有什么意思，还是吃吧！"

一个欲望满足了的时候，第二个欲望马上要起来的，我喝了汤，吃了一块面包之后，喉咙觉得干渴起来，便又起了一种自暴自弃的念头，率性叫茶房把啤酒汽水拿两瓶来。啊啊，危险危险，我右脚下的一张钞票，已有半张被茶房撕去了。

一边饮食，一边我仍在赏玩窗外的水光云影。我几个小车站上停了几次，轰轰地过了几处铁桥，等我中餐吃完的时候，火车已经过了嘉兴驿了。吃了个饱满，并且带了三分醉意，我心里虽然时时想到今晚在杭州的膳宿费，和明天上富阳去的轮船票，不免有些忧郁，但是以全体的气概讲来，这时候我却是非常快乐，非常满足的：

"人生是现在一刻的连续，现在能够满足，不就好了吗？一刻之后的事，又何必去想它，明天明年的事，更可丢在脑后了。一刻之后，谁能保得火车不出轨！谁能保得我不死？罢了罢了，我是满足得很！哈哈哈哈……"

我心里这样很满足地在那里想，我的脚就慢慢地走上车后的眺望台去。因为我坐的这挂车是最后的一挂，所以站在眺望台上，既可细看野景，又可静听蝉鸣，接受些天风。我站在台上，一手捏住铁栏，一手用了半枝火柴在剔牙齿。凉风一阵阵地吹来，野景一幅幅地过去，我真觉得太幸福了。

五

我平生感得幸福的时间，总不能长久。一时觉得非常满足之后，其后必有绝大的悲怀相继而起。我站在车台上，正在快乐的时候，忽而在万绿丛中看见了一幅美满的家庭团叙图，一个年约三十一二的壮健的农夫，两手擎了一个周岁的小孩，在桑树影下笑乐。一个穿青布衫的与农夫年纪相仿的农妇，笑微微地站在旁边守着他们。在他们上面晒着的阳光树影，更把他们的美满的意情表现得明显。地上摊着一只饭箩，一瓶茶，几只茶饭碗。这一定是那农妇送来馈她男人的。啊啊，桑间陌上，夫唱妇随，更有你两个爱的结晶，在中间作姻缘的缔带，你们是何等幸福呀！然而我呢！啊啊我啊？我是一个有妻不能爱，有子不能抚的无能力者，在人生战斗场上的惨败者，现在是在逃亡的途中的行路病者，啊！农夫啊农夫，愿你与你的女人和好终身，愿你的小孩聪明强健，愿你的田谷丰多，愿你幸福！你们的灾殃，你们的不幸，全交给了我，凡地上一切的苦恼，悲哀，患难，索性由我一人负担了去吧！

我心里虽这样的在替他祝福，我的眼泪却连连续续地落了下来。半年以来，因为失业的原因，在上海流离的苦处，我想起来了。三个月前头，我的女人和小孩，孤苦零仃地由这条铁路上经过，萧萧索索地回家去的情状，我也想出来了。啊啊，农家夫妇的幸福，读书阶级的飘零！我女人经过的悲哀的足迹，现在更由我一步步地践踏过去！若是有，怎得不哭呢！

四围的景色，忽而变了，一刻前那样丰润华丽的自然的美景，都好像在那里嘲笑我的样子：

"你回来了吗？你在外国住了十几年，学了些什么回来？你的能力怎么不拿些出来让我们看看？现在你有养老婆儿子的本领吗？哈哈！你读书学术，到头来还是归到乡间去啮你祖宗的积聚！"

我俯看看飞行车轮，看看车轮下的两条白闪闪的铁轨和枕木卵石，忽而感得了一种强烈的死的诱惑。我的两脚抖了起来，踉跄前进了几步，又呆呆地俯视了一忽，两手捏住了铁栏，我闭着眼睛，咬紧牙齿，在脚尖上用了一道死力，便把身体轻轻地抬跳起来了。

六

啊啊，死的胜利啊！我当时若志气坚强一点，就早脱离了这烦恼悲苦的世界，此刻好坐在天神 Beatrice 的脚下拈花作微笑了。但是我那一跳，气力没有用足。我打开眼睛来看时，大地高天，稻田草地，依旧在火车的四周驰骋，车轮的碾声，依旧在我的耳朵里雷鸣，我的身体却坐在栏杆的上面，绝似病了的鹦鹉，被锁住在铁条上待毙的样子。我看看两旁的美景，觉得半点钟以前的称颂自然美的心境，怎么也回复不过来。我以泪眼与碛石的灵山相对，觉得碛西公园后石山上在太阳光下游玩的几个男女青年，都是挤我出世界外去的魔鬼。车到了临平，我再也不能细赏那荷花世界柳丝乡的风景。我只觉得青翠的临平山，将要变成我的埋骨之乡。笕桥过了，艮山门过了。灵秀的宝叔山，奇兀的北高峰，清泰门外贯流着的清浅的溪流，溪流上摇映着的萧疏的杨柳，野田中交叉的窄路，窄路上的行人，前朝的最大遗物，参差婉绕的城墙，都不能唤起我的兴致来。车到了杭州城站，我只同死刑囚上刑场似的下了月台。一出站内，在青天皎日的底下，看看我儿时所习见的红墙旅舍，酒馆茶楼，和年轻气锐的生长在都会中的妙年人士，我心里只是怦怦地乱跳，仰不起头来。这种幻灭的心理，若硬要把它写出来的时候，我只好用一个譬喻。譬如当青春的年少，我遇着了一位绝世的佳人，她对我本是初恋，我对她也是第一次的破题儿。两人相携相挽，同睡同行，春花秋月地过了几十个良宵。后来我的金钱用尽，女人也另外有了心爱的人儿，她就学了樊素，同春去了。我只得和悲哀孤独，贫困恼羞，结成伴侣。几年在各地流浪之余，我年纪也大了，身体也衰了，披了一身破褴的衣服，仍复回到当时我两人并肩携手的故地来。山川草木，星月云霓，仍不改其美观。我独坐湖滨，正在临流自吊的时候，忽在水面看见了那弃我而去的她的影像。她容貌同几年前一样娇柔，衣服同几年前一样华丽，项下挂着的一串珍珠，比从前更加添了一层光彩，额上戴着的一圈玛瑙，比曩时更红艳得多了。且更有难堪者，回头来一看，看见了一位文秀闲雅的美少年，站在她的背后，用了两手在那里摸弄她的腰背。

啊啊！这一种譬喻，值得什么？我当时一下车站，对杭州的天地感得的那一种羞惭懊丧，若以言语可以形容的时候，我当时的夏布衫袖，就不会被泪汗湿透了，因为说得出譬喻得出的悲怀，还不是世上最伤心的事呀。我慢慢俯了首，离开了刚下车的人群与争揽客人的车夫和旅馆的招待者，独行踽踽地进了一家旅馆，我的心里好像有千斤重的一块铅石垂在那里的样子。

开了一个单房间，洗了一个脸，茶房拿了一张纸来，要我写上姓名年岁籍贯职业。我对他呆呆地看了一忽，他好像是疑我不曾出过门，不懂这规矩的样子，所以又仔仔细细地解说了一遍。啊啊，我哪里是不懂规矩，我实在是没有写的勇气哟，我的无名的姓氏，我的故乡的籍贯，我的职业！啊啊！叫我写出什么来？被他催迫不过，我就提起笔来写了一个假名，填上了异乡人的三字，在职业栏下写了一个"无"字。不知不觉我的眼泪竟濮嗒濮嗒地滴了两滴在那张纸上。茶房也看得奇怪，向纸上看了一看，又问我说：

"先生府上是哪里，请你写上了吧，职业也要写的。"

我没有方法，就把异乡人三字圈了，写上朝鲜两字，在职业之下也圈了一圈，填了"浮浪"两字进去。茶房出去之后，我就关上了房门，倒在床上尽情地暗泣起来了。

七

伏在床上暗泣了一阵，半日来旅行的疲倦，征服了我的心身。在朦胧半觉的中间，我听见了几声咯咯的叩门声。糊糊涂涂地起来开了门，我看见祖母，不言不语地站在门外。天色好像晚了，房里只是灰黑的辨不清方向。但是奇怪得很，在这灰黑的空气里，祖母面上的表情，我却看得清清楚楚。这表情不是悲哀，当然也不是愉乐，只是一种压人的庄严的沉默。我们默默地对坐了几分钟，她才移动了她那皱纹很多的嘴说：

"达！你太难了，你何以要这样孤洁呢！你看看窗外看！"

我向她指着的方向一望，只见窗下街上黑暗嘈杂的人丛里有两个大火把在那里燃烧，再仔细一看，火把中间坐着一位木偶，但是奇极怪极。这木偶的面貌，竟完全与我的一个朋友的面貌一样。依这景看来，大约是赛会了，我回转头来正想和祖母说话，房内的电灯啪的响了一声，放起光来了，茶房站在我的床前，问我晚饭如何？我只呆呆的不答，因为祖母是今年二月里刚死的，我正在追想梦里的音容，哪里还有心思回茶房的话哩？

遣茶房走了，我洗了一个面，就默默地走出了旅馆。夕阳的残照，在路旁的层楼屋脊上还看得出来。店头的灯火，也星星地上了。日暮的空气，带着微凉，拂上面来。我在羊市街头走了几转，穿过车站的庭前，踏上清泰门前的草地上去。沉静的这杭州故郡，自我去国以来，也受了不少的文明的侵害，各处的旧迹，一天一天地被拆毁了。我走到清泰门前，就起了一种怀古之情，走上将拆而犹在的城楼上去。城外一带杨柳桑树上的鸣蝉，叫得可怜。它们的哀吟，一声声沁入了我的心脾，我如同海上的浮尸，把我的情感，全部付托了蝉声，尽做梦似的站在丛残的城堞上看那西北的浮云和暮天的急情，一种淡淡的悲哀，把我的全身溶化了。这时候若有几声古寺的钟声，当当的一下一下，或缓或徐地飞传过来，怕我就要不自觉地从城墙上跳入城濠，把我的灵魂和人在晚烟之中，去笼罩着这故都的城市。然而南屏不远，Curfew[1] 今晚上是不会鸣了。我独自一个冷清清地立了许久，看西天只剩了一线红云，把日暮的悲哀尝了个饱满，才慢慢地走下城来。这时候天已黑了，我下城来在路上的乱石上钩了几脚，心里倒起了一种莫名其妙的恐怖。我想想白天在火车上谋自杀的心思和此时的恐怖心一比，就不觉微笑了起来，啊啊，自负为灵长的两足动物哟，你的感情思想，原只是矛盾的连续呀！说什么理性？讲什么哲学？

走下了城，踏上清冷的长街，暮色已经弥漫在市上了。各家的稀淡的灯光，比数刻前增加了一倍势力。清泰门直街上的行人的影子，一个一个从散射在街上的电灯光里闪过，现出一种日暮的情调来。天气虽还不曾大热，然而有几家却早把小桌子摆在门

---

[1] 意为晚钟。

前，露天地在那里吃晚饭了。我真成了一个孤独的异乡人，光了两眼，尽在这日暮的长街上行行前进。

我在杭州并非没有朋友，但是他们或当厅长，或任参谋，现在正是非常得意的时候；我若飘然去会，怕我自家的心里比他们见我之后憎嫌我的心思更要难受。我在沪上，半年来已经饱受了这种冷眼，到了现在，万一家里容我，便可回家永住，万一情状不佳，便拟自决的时候，我再也犯不着去讨这些没趣了。我一边默想，一边看看两旁的店家在电灯下围桌晚餐的景象，不知不觉两脚便走入了石牌楼的某中学所在的地方。啊啊，桑田沧海的杭州，旗营改变了，湖滨添了些邪恶的中西人的别墅，但是这一条街，只有这一条街，依旧清清冷冷，和十几年前我初到杭州考中学的时候一样。物质文明的幸福，些微也享受不着，现代经济组织的流毒，却受得很多的我，到了这条黑暗的街上，好像是已经回到了故乡的样子，心里忽感得了一种安泰，大约是兴致来了，我就踏进了一家巷口的小酒店里去买醉去。

八

在灰黑的电灯底下，面朝了街心，靠着一张粗黑的桌子，坐下喝了几杯高粱，我终觉得醉不成功。我的头脑，愈喝酒愈加明晰，对于我现在的境遇反而愈加自觉起来了。我放下酒杯，两手托着了头，呆呆地向灰暗的空中凝视了一会，忽然有一种沉郁的哀音夹在黑暗的空气里，渐渐地从远处传了过来。这哀音有使人一步一步在感情中沉没下去的魔力，可说是中国管弦乐的代表了。过了几分钟，这哀音的发动者渐渐地走近我的身边，我才辨出了胡琴与砰击磁器的谐音来。啊啊！你们原来是流浪的声乐家，在这半开化的杭州城里想卖艺糊口的可怜虫！

他们二三人的瘦长的清影，和后面跟着看的几个小孩，在酒馆前头掠过了。那一种凄楚的谐音，也一步一步地幽咽了，听不见了。我心里忽起了一种绝大的渴念，想追上他们，去饱尝一回哀音的美味。付清了酒账，我就走出店来，在黑暗中追赶上去。但是他们的几个人，不知走上了什么方向，我拼死地追寻，终究寻他们不着。唉，这昙花的一现，难道是我的幻觉吗？难道是上帝显示给我的未来的预言吗？但是那悠扬沉郁的弦音和磁盘碰击的声响，还缭绕在我的心中。我在行人稀少的黑暗的街上东奔西走地追寻了一会儿，没有方法，就从丰乐桥直街走到湖边上去。

湖上没有月华，湖滨的几家茶楼旅馆，也只有几点清冷的电灯，在那里放淡薄的微光；宽阔的马路上，行人也寥落得很。我横过了湖滨马路，在湖边上立了许久。湖的三面，只有沉沉的山影，山腰山脚的别庄里，有几点微明的灯火，要静看才看得出来。几颗淡淡的星光，倒映在湖里，微风吹来，湖里起了几声豁豁的浪声。四边静极了。我把一支吸尽的纸烟头丢入湖里，啾地响了一声，纸烟的火就熄了。我被这一种静寂的空气压迫不过，就放大了喉咙，对湖心噢噢地发了一声长啸，我的胸中觉得舒畅了许多。沿湖向西走了一段，我忽在树荫下椅子上，发现了一对青年男女。他和她的态度太无忌惮了，我心里忽起了一种不快之感，把刚才长啸之后的畅怀消尽了。

啊啊！青年的男女哟！享受青春，原是你们的特权，也是我平时的主张。但是，但是你们在不幸的孤独者前头，总应该谦逊一点，方能完全你们的爱的美处。你们且牢牢记着吧！对了贫儿，切不要把你们的珍珠宝物显给他看，因为贫儿看了，愈要觉得他自家贫困的呀！

我从人家睡尽的街上，走回城站附近的旅馆里来的时候，已经是深夜了。解衣上床，躺了一会儿，终觉得睡不着。我就点上一支纸烟，一边吸着，一边在看帐顶。在沉闷的旅舍夜半的空气里，我忽然听见一阵清脆的女人声音，和门外的茶房，在那里说话。

"来哉来哉！噢哟，等得诺（你）半业（日）嗒哉！"

这是轻佻的茶房的声音。

"是哪一位叫的？"

啊啊！这一定是土娼了！

"仰（念）三号里！"

"你同我去呵！"

"噢哟，根（今）朝诺（你）个（的）面孔真白嗒！"

茶房领了她从我门口走过，开入了间壁念三号的房里。

"好哉，好哉！活菩萨来哉！"

茶房领到之后，就关上门走下楼去了。

"请坐。"

"不要客气！先生府上是哪里？"

"阿拉（我）宁波。"

"是到杭州来耍子的吗？"

"来宵（烧）香个。"

"一个人吗？"

"阿拉邑个宁（人），京（今）教（朝）体（天）气轧业（热），查拉（为什么）勿赤膊？"

"啥话语！"

"诺（你）勿脱，阿拉要不（替）诺脱哉。"

"不要动手，不要动手！"

"回（还）朴（怕）倒霉索啦？"

"不要动手，不要动手，我自家来解罢。"

"阿拉要摸一摸！"

唧唧的窃笑声，床壁的震动声。

啊啊！本来是神经衰弱的我，即在极安静的地方，尚且有时睡不着觉，哪里还经得起这样淫荡的吵闹呢！北京的浙江大老诸君呀，听说杭州有人倡设公娼的时候，你们曾经竭力地反对，你们难道还不晓得你们的子女姊妹在干这种营业，而在扰乱及贫苦的旅人吗？盘踞在当道，只知敲剥百姓的浙江的长官呀！你们若只知聚敛，不知济贫，怕你们的妻妾，也要为快乐的原因，学她们的妙技了。唉唉！"邑有流亡愧俸钱"，你们曾听人说过这句诗否！

九

我睡在床上，被间壁的淫声挑拨得不能合眼，没有方法，只得起来上街去闲步。这时候大约是后半夜的一二点钟的样子，上海的夜车已到着，羊市街福缘巷的旅店，都已关门睡了。街上除了几乘散乱停住的人力车外，只有几个敝衣凶貌的罪恶的子孙在灰色的空气里阔步。我一边走一边想起了留学时代在异国的首都里每晚每晚的夜行，把当时的情状与现在在这中国的死灭的都会里这样的流离的状态一对照，觉得我的青春，我的希望，我的生活，都已成了过去的云烟，现在的我和将来的我只剩得极微极细的一些儿现实味，我觉得自家实际上已经成了一个幽灵了。我用手向身上摸了一摸，觉得指头触着了一种极粗的夏布材料，又向脸上用了力摘了一把，神经感得了一种痛苦。

"还好还好，我还活在这里，我还不是幽灵，我还有知觉哩！"

这样一想，我立时把一刻前的思想打消，恰好脚也正走到了拐角头的一家饭馆前了。在四邻已经睡寂的这深更夜半，只有这一家店同睡相不好的人的嘴似的空空洞洞地开在那里。我晚上不曾吃过什么，一见了这家店里的锅子炉灶，便也觉得饥饿起来，所以就马上踏了进去。

喝了半斤黄酒，吃了一碗面，到付钱的时候，我又痛悔起来了。我从上海出发的时候，本来只有五元钱的两张钞票。坐二等车已经是不该的了，况又在车上大吃了一场。此时除付过了酒面钱外，只剩得一元几角余钱，明天付过旅馆宿费，付过早饭账，付过从城站到江干的黄包车钱，哪里还有钱购买轮船票呢？我急得没有方法，就在静寂黑暗的街巷里乱跑了一阵，我的身体，不知不觉又被两脚搬到了西湖边上。湖上的静默的空气，比前半夜，更增加了一层神秘的严肃。游戏场也已经散了，马路上除了拐角头边上的没有看见车夫的几乘人力车外，生动的物事一个也没有。我走上了环湖马路，在一家往时也曾投宿过的大旅馆的窗下立了许久。看看四边没有人影，我心里忽然来了一种恶魔的诱惑。

"破窗进去吧，去撮取几个钱来吧！"

我用了心里的手，把那扇半掩的窗门轻轻地推开，把窗门外的铁杆，细心地拆去了二三枝，从墙上一踏，我就进了那间屋子。我的心眼，看见床前白帐子下摆着一双白花缎的女鞋，衣架上挂着一件纤巧的白华丝纱衫和一条黑纱裙。我把洗面台的抽斗轻轻抽开，里边在一个小小儿的粉盒和一把白象牙骨折扇的旁边，横躺着一个沿口有光亮的钻珠绽着的女人用的口袋。我向床上看了几次，便把那口袋拿了，走到窗前，心里起了一种怜惜羞悔的心思，又走回去，把口袋放归原处。站了一忽，看看那狭长的女鞋，心里忽又起了一种异想，就伏倒去把一只鞋子拿在手里。我把这双女鞋闻了一回，玩了一回，最后又起了一种残忍的决心，索性把口袋、鞋子一齐拿了，跳出窗来。我幻想到了这里，忽而回复了我的意识，面上就立时变得绯红，额上也钻出了许多汗珠。我眼睛眩晕了一阵，我就急急地跑回城站的旅馆来了。

十

奔回到旅馆里，打开了门，在床上静静地躺了一忽，我的兴奋，渐渐地镇静了下去。间壁的两位幸福者也好像各已倦了，只有几声短促的鼾声和时时从半睡状态里漏出来的一声二声的低幽的梦话，击动我的耳膜。我经了这一番心里的冒险，神经也已倦竭，不多一会儿，两只眼包皮就也沉沉地盖下来了。

一睡醒来，我没有下床，便放大了喉咙，高叫茶房，问他是什么时候。

"十点钟哉，鲜散（先生）！"

啊啊！我记得接到我祖母的病电的时候，心里还没有听见这一句回话时的恼乱！即趁早班轮船回去，我的经济，已难应付，哪里还禁得在杭州再留半日的呢？况且下午二点钟开的轮船是快班，价钱比早班要贵一倍。我没有方法，把脚在床上蹬踢了一回，只得悻悻地起来洗面。用了许多愤激之辞，对茶房了发一回脾气，我就付了宿费，出了旅馆从羊市街慢慢地走出城来。这时候我所有的财产全部，除了一个瘦黄的身体之外，就是一件半旧的夏布长衫、一套白洋纱的小衫裤、一双线袜、两只半破的白皮鞋和八角小洋。

太阳已经升上了中天，光线直射在我的背上。大约是因为我的身体不好，走不上半里路，全身的黏汗竟流得比平时更多一倍。我看看街上的行人，和两旁的住屋中的男女，觉得他们都很满足地在那里享乐他们的生活，好像不晓得忧愁是何物的样子。背后忽而起了一阵铃响，来了一乘包车，车夫向我骂了几句，跑过去了，我只看见了一个坐在车上穿白纱长衫的少年绅士的背影，和车夫的在那里跑的两只光腿。我慢慢地走了一段，背后又起了一阵车夫的威胁声，我让开了路，回转头来一看，看见了三部人力车，载着三个很纯朴的女学生，两腿中间各夹着些白皮箱铺盖之类，在那里向我冲来。她们大约是放了暑假赶回家去的。我此时心里起了一种悲愤，把平时祝福善人的心地忘了，却用了憎恶的眼睛，狠狠地对那些威胁我的人力车夫看了几眼。啊啊，我外面的态度虽则如此凶恶，但一边我却在默默地原谅他们的呀！

"你们这些可怜的走兽，可怜你们平时也和我一样，不能和那些年轻的女性接触。这也难怪你们的，难怪你们这样的乱冲，这样的兴高采烈的。这几个女性的身体岂不是载在你们的车上么？她们的白嫩的肉体上岂不是有一种电气传到你们身上来么？虽则原因不同，动机卑微，但是你们的汗，岂不是为了这几个女性的肉体而流的么？啊啊，我若有气力，也愿跟了你们去典一乘车来，专拉这样的如花少女。我更愿意拼死地驰驱，消尽我的精力。我更愿意不受她们的金钱酬报。"

走出了凤山门，站住了脚，默默地回头来看了一眼，我的眼角又忽然涌出了两颗珠露来！

"珍重珍重，杭州的城市！我此番回家，若不马上出来，大约总要在故乡永住了，我们的再见，知在何日？万一情状不佳，故乡父老不容我在乡间终老，我也许到严子陵的钓石矶头，去寻我的归宿的，我这一瞥，或将成了你我的最后的诀别！我到此刻，才知道我胸际实在在痛爱你的明媚的湖山，不过盘踞在你的地上的那些野心狼子，不得不使我怨你恨你而已。啊啊，珍重珍重，杭州的城市！我若在波中淹没的时候，最后映到我的心眼上来的，也许是我儿时亲睦的你的这媚秀的湖山吧！"

炉边

沈从文

但妈的说法，总是九妹饿了，为九妹煮一点消夜的东西吧。

名义上，我们是托九妹的福的，因此我们都愿九妹每天晚饭吃不饱，

好到夜来嚷饿，我们一同沾光。

四个人，围着火盆烤手。

妈，同我，同九妹，同六弟，就是那么四个人。八点了吧，街上那个卖春卷的嘶了个嗓子，大声大气嚷着，已过了两次了。关于睡，我们总以九妹为中心，自己属于被人支配一类。见到她低下头去，伏在妈膝上时，我们就不待命令，也不要再抱希望，叫春秀丫头做伴，送到对面大房去睡了。所谓我们，当然就是说我同六弟两人。

平常八点至九点，九妹是任怎样高兴，也必坚持不来了。但先时预备了消夜的东西时，却又当别论。把燕窝尖子放到粥里去，我们就吃燕窝粥，把莲子放进去，我们于是又吃莲子稀饭了。虽然是所下的燕窝并不怎样多，我们总是那样说，我同六弟不拘谁一个人的量，都敌得过九妹同妈两人。但妈的说法，总是九妹饿了，为九妹煮一点消夜的东西吧。名义上，我们是托九妹的福的，因此我们都愿九妹每天晚饭吃不饱，好到夜来嚷饿，我们一同沾光。我们又异常聪明，若对消夜先有了把握，则晚饭那一顿就老早留下肚子，这事大概从不为妈注意及，但九妹却瞒不过。

"娘，为老九煮一点稀饭吧。"

倘若六弟的提议不见妈否决，于是我就耀武扬威催促春秀丫头："春秀！为九小姐同我们煮稀饭，加莲子，快！"

有时，妈也会说没有糖了，或是今夜太饱了，"老九哪会饿呢？"遇到这种运气坏的日子，我们也只好准备着睡，没有他法。

"九妹，你说饿了，要煮鸽子蛋吃吧。"

"我不！"

"为我们说，明天我为你到老端处去买一个大金陀螺。"

"……"

背了妈，很轻地同九妹说，要她为我们说谎一次，好吃同冰糖白煮的鸽子蛋也有过。这事总是顶坏的我（妈是这样批评我的）教唆六弟，要六弟去说，用金陀螺为贿。九妹的陀螺正值坏时，于是也就慨然答应了。把鸽子蛋吃后，金陀螺还只在口上，让九妹去怨也全然不理，在当时，反觉得出的主意并不算坏。但在另一次另一种事上，待到六弟把话说完时，她也会到妈身边去，扳了妈的头，把嘴放在妈耳朵边，唧唧说着我们的计划。在那时，想用贿去收买九妹的我们，除了哭着嚷着分辩着，说是自己并没有同九妹说过什么话外，也只有脸红。结果是出我们意料以外，妈仍然照我们的希望，把吃的叫春秀去办。如此看来，妈以前所说全是为妹的话，又显然是在哄九妹了。

然而九妹在家中因为一人独小而得到全家——尤其是母亲加倍的爱怜，也是真事。因了母亲的专私的爱，三姨也笑过我们了。而令我们不服的，是外祖母常向许多姨娘说我们并不可爱。

　　此次又是在一次消夜的期待中。把日里剩下的鸭子肉汤煮鸭肉粥，听到春秀丫头把一双筷子唏哩活落在外面铜锅子里搅和，似乎又闻到一点香气，妈怕我们伤风不准我们出去视察，六弟是在火盆边急得要不得了。

　　"春秀。还不好吗？"盛气的问那丫头。

　　"不呢。"

　　"你莫打盹，让它起锅巴！"

　　"不呢。"

　　"快扇一扇火，会是火熄了，才那么慢！"

　　"不呢，我扇着！"

　　六弟到无可奈何时，乘到九妹的不注意，就把她手上那一本初等字课抢到手，琅琅的像是要在妈面前显一手本事的样子，大声念起来了。

　　"娘，我都背得呢，你看我闭上眼睛吧。"眼睛是果真闭上了，但到第五课"狼，野狗也——"就把眼睛睁开了。

　　"说大话的！二哥你为我把书拿在手上，我来背。"九妹是接着又朗朗地背诵起来。

　　大门前，卖面的正敲着竹梆梆，口上喊着各样惊心动魄的口号，在那里引诱人。我们只要从梆梆声中就早知道这人是有名的何二了。那是卖饺子的；也卖面，在城里却以饺子著名。三个铜圆，则可以又有饺子又有面，得吃凤牌湘潭酱油。他的油辣子也极好。大姐每一次从学校回来，总是吃不要汤的加辣子干挑饺子。因为妈的禁止，我们却只能用眼睛去看。

那何二，照例挨了一会儿，又把担子扛起，一路敲打着梆梆，往南门坨方面去了，嚷着的声音是渐渐小下来，到后便只余那虽然很小还是清脆分明的柝声。

大门前，因为宽敞，一些卖小吃的，到门前休息便成了例了。日里是不消说，还有那类在一把无大不大的"遮阳伞王"（那是老九取的名）下头炸油条糯米糍的。到夜间呢，还是可以时时刻刻听得一个什么担子过路停下的知会，锣呀，梆梆呀，单是口号呀，少有休息。这类声音，在我们听来是难受极了。每一种声音下都附有一个足以使我们流涎的食物，且在习惯中我们从各样不同的知会中又分出食物的种类。听到这类声音，我们觉得难受，不听到又感到寂寞。最令人兴奋的是大姐礼拜六回家，有了她，我们消夜的东西，差不多是每一种从门前过去的都可以尝试。

何二去后不久，一个敲小锣卖丁丁糖的又在门前休息了。我知道，这锣的大小，是正如我那面小圆砚池，是用一根红绳子挂在手上那么随随便便敲着的。许是有人在那里抽了签吧，锣声停下来，就听到一把竹签子在筒内搅动的响声了。又听到说话，但不很清楚。那卖糖的是一个别处地方人，譬如说，湖北的吧。因为常听他说"你哪家"；只有湖北人口上离不得"你哪家"，那是从久到武昌的陈老板的说话就早知道了。在他来此以前，我似乎还不曾见过像那样敲着小锣落雨天晴都是满街满巷走着的卖糖的人。顶特别的是他休息到什么地方时，把一张独脚凳塞到屁股底下去坐，就悠悠扬扬打起那面小锣来了。我们因为欣赏那张特别有趣的独脚凳，白天一听当当的响声，就争着跑出去。六弟还有一次要他让自己坐坐看，我们奇怪它怎么不会倒，也想自己有那么一张，每天让我们坐着吃饭玩，还可以扛到三姨家去送五姐她们看。

大的木方盘内，分划成了许多区。每一区陈列糖一种。有的颜色式样虽相同味道却两样，有的样子不一样味道却又相同。有用红绿色纸包成三角形小包的薄荷糖，吃来是又凉又甜的。有成片的姜糖，味道微辣。圆的同三角形的各种果子糖，大的十枚五枚，小的两枚一枚。藕糖就真像小藕，有孔有节。红的同真红椒一般大的辣子糖，可以把尖端同蒂咬去，当牛角吹。茄子糖则比真茄子小了许多，但颜色同形式都同，把茶倾到茄子中空处再倒到口里去也很甜。还有用模子做成的糖菩萨：顶小的同一个拇指那么大，大的如执鞭的财神、大肚罗汉，则一斤糖还不够做一个。那湖北人，把菩萨安放在盘子正中，各样糖同小菩萨，则四围绕着陈列。大菩萨之间，又放了一个小瓶子，有四季花同云之类画在瓶上。瓶子中，按时插上月季、兰、石榴、茶花、菊、梅以及各样应时的草花。袁小楼警察所长卸事后，于是极其大方地把抽糖的签筒也拿出来了。签从一点到六点各六根，把这六六三十六根竹签管束在一个外用黄铜皮包裹描金髹过的小竹筒内。"过五关"的抽法是一个小钱只能得小菩萨一名。若用铜圆，若过了三次五关以后，胜利还是属于自己，则供着在盘子正中手里鞭子高高举着的那位财神爷就归自己所有了。三次五关都顺顺当当过去，这似乎是很难；但每天那湖北人回家时那一对大财神总不能一同回家，似乎是又并不怎样不容易了。

等了一会儿，外面的签筒还在搅动。

六弟是早把神魂飞出大门傍到那盘子边去了。

我说："老九，你听！"我是知道九妹衣兜里还有四十多枚小钱的。

其实九妹也正是张了耳朵在听。

"去吧。"九妹用目答应我。

她把手去前衣兜里抓她的财产，又看着母亲老实温驯地说："娘，我去买点薄荷糖吃吧！"

"他们想吃了，莫听他们的话。"

"我又不抽签。"九妹很伶便地分解，都知道妈怕我们去抽签。

"那等一会儿粥又不能吃了！"

本来并不想到吃糖的九妹，经母亲一说，在衣兜里抓数着钱的那只手是极自然地取出来了。

妈又说必是六弟的怂恿。这当然是太冤屈六弟了。六弟就忙着分辩，说是自己正想到别的事，连话也不讲，说是他，那真冤枉极了。

六弟说正想到别的事，也是诚然。他想到许多事情出奇地凶……那位像活的生了长胡子横骑着老虎的财神爷怎么内部是空的？那大肚子罗汉怎么同卖糖的杨怒山竟一个样地胖实！那个花瓶为什么必得四名小菩萨围绕？

签筒声停止后，那当当当漂亮的锣声便又响着了。

这样不到二十声，就会把独脚凳收起来，将盘子顶到头上，也用不着手扶，一面高兴打着锣走向道门口去吧。到道门口后，把顶上的木盘放下，于是一群嘴边正抹满了包家娘醋萝卜碗里辣子水的小孩，就蜂子样飞了过来围着，胡乱地投着钱，吵着骂着，乘了胜利，把盘子中的若干名大小菩萨一齐搬走。眼看到菩萨随到小孩子走尽后，于是又把独脚凳收起，心中装了欢喜，盘中装了钱，用快步的跑转家去吧。回家大约还得把明天待用的各样糖配齐，财神重新再做，小菩萨也补足五百数目，到三更以后始能上床去睡……为那糖客设想着，又为那糖客担心着财神的失去，还极其无意思地睥视着又羡企看那群快要二炮了还不归家去的放浪孩子，糖客是当真收起独脚凳走去了。

"那丁丁糖已经过道门口去了！"六弟嗒然地说。

"每夜都是这时来。"我接着说。

"娘，那是一个湖北佬，不论见到了谁的小孩子都是'你哪家'的，正像陈老板娘的老板，我讨厌他那种恭敬，"九妹从我手上把那本字课抢过手去，"娘，这书里也画得有个卖糖的人呢。"

妈没有作声。

湖北佬真是走了。在鸭子粥没有到口以前，我们都觉得寂寞。

秋天的怀念

史铁生

邻居们把她抬上车时，她还在大口大口地吐着鲜血。

我没想到她已经病成那样。

看着三轮车远去，也绝没有想到那竟是永远的诀别。

双腿瘫痪后，我的脾气变得暴怒无常。望着望着天上北归的雁阵，我会突然把面前的玻璃砸碎；听着听着李谷一甜美的歌声，我会猛地把手边的东西摔向四周的墙壁。母亲就悄悄地躲出去，在我看不见的地方偷偷地听着我的动静。当一切恢复沉寂，她又悄悄地进来，眼边红红的，看着我。"听说北海的花儿都开了，我推着你去走走。"她总是这么说。母亲喜欢花，可自从我的腿瘫痪后，她侍弄的那些花都死了。"不，我不去！"我狠命地捶打这两条可恨的腿，喊着："我活着有什么劲！"母亲扑过来抓住我的手，忍住哭声说："咱娘儿俩在一块儿，好好儿活，好好儿活……"

　　可我却一直都不知道，她的病已经到了那步田地。后来妹妹告诉我，她常常肝疼得整宿整宿翻来覆去地睡不了觉。

　　那天我又独自坐在屋里，看着窗外的树叶唰唰啦啦地飘落。母亲进来了，挡在窗前："北海的菊花开了，我推着你去看看吧。"她憔悴的脸上现出央求般的神色。"什么时候？""你要是愿意，就明天？"她说。我的回答已经让她喜出望外了。"好吧，就明天。"我说。她高兴得一会儿坐下，一会儿站起："那就赶紧准备准备。""哎呀，烦不烦？几步路，有什么好准备的！"她也笑了，坐在我身边，絮絮叨叨地说着："看完菊花，咱们就去'仿膳'，你小时候最爱吃那儿的豌豆黄儿。还记得那回我带你去北海吗？你偏说那杨树花是毛毛虫，跑着，一脚踩扁一个……"她忽然不说了。对于"跑"和"踩"一类的字眼儿，她比我还敏感。她又悄悄地出去了。

她出去了，就再也没回来。

邻居们把她抬上车时，她还在大口大口地吐着鲜血。我没想到她已经病成那样。看着三轮车远去，也绝没有想到那竟是永远的诀别。

邻居的小伙子背着我去看她的时候，她正艰难地呼吸着，像她那一生艰难的生活。别人告诉我，她昏迷前的最后一句话是："我那个有病的儿子和我那个还未成年的女儿……"

又是秋天，妹妹推我去北海看了菊花。黄色的花淡雅，白色的花高洁，紫红色的花热烈而深沉，泼泼洒洒，秋风中正开得烂漫。我懂得母亲没有说完的话。妹妹也懂。我俩在一块儿，要好好儿活……

我 与 地 坛

史铁生

他被命运击昏了头，一心以为自己是世上最不幸的一个，
不知道儿子的不幸在母亲那儿总是要加倍的。

一

我在好几篇小说中都提到过一座废弃的古园，实际就是地坛。许多年前旅游业还没有开展，园子荒芜冷落得如同一片野地，很少被人记起。

地坛离我家很近。或者说我家离地坛很近。总之，只好认为这是缘分。地坛在我出生前四百多年就坐落在那儿了，而自从我的祖母年轻时带着我父亲来到北京，就一直住在离它不远的地方——五十多年间搬过几次家，可搬来搬去总是在它周围，而且是越搬离它越近了。我常觉得这中间有着宿命的味道：仿佛这古园就是为了等我，而历尽沧桑在那儿等待了四百多年。

它等待我出生，然后又等待我活到最狂妄的年龄上忽地残废了双腿。四百多年里，它剥蚀了古殿檐头浮夸的琉璃，淡褪了门壁上炫耀的朱红，坍圮了一段段高墙又散落了玉砌雕栏，祭坛四周的老柏树愈见苍幽，到处的野草荒藤也都茂盛得自在坦荡。这时候想必我是该来了。十五年前的一个下午，我摇着轮椅进入园中，它为一个失魂落魄的人把一切都准备好了。那时，太阳循着亘古不变的路途正越来越大，也越红。在满园弥漫的沉静光芒中，一个人更容易看到时间，并看见自己的身影。

自从那个下午我无意中进了这园子，就再没长久地离开过它。我一下子就理解了它的意图。正如我在一篇小说中所说的："在人口密聚的城市里，有这样一个宁静的去处，像是上帝的苦心安排。"

两条腿残废后的最初几年，我找不到工作，找不到去路，忽然间几乎什么都找不到了，我就摇了轮椅总是到它那儿去，仅为着那儿是可以逃避一个世界的另一个世界。我在那篇小说中写道："没处可去我便一天到晚耗在这园子里。跟上班下班一样，别人去上班我就摇了轮椅到这儿来。""园子无人看管，上下班时间有些抄近路的人们从园中穿过，园子里活跃一阵，过后便沉寂下来。""园墙在金晃晃的空气中斜切下一溜阴凉，我把轮椅开进去，把椅背放倒，坐着或是躺着，看书或者想事，撅一杈树枝左右拍打，驱赶那些和我一样不明白为什么要来这世上的小昆虫。""蜂儿如一朵小雾稳稳地停在半空；蚂蚁摇头晃脑捋着触须，猛然间想透了什么，转身疾行而去；瓢虫爬得不耐烦了，累了，祈祷一回便支开翅膀，忽悠一下升空了；树干上留着一只蝉蜕，寂寞如一间空屋；露水在草叶上滚动，聚集，压弯了草叶轰然坠地摔开万道金光。""满园子都是草木竞相生长弄出的响动，窸窸窣窣窸窸窣窣片刻不息。"这都是真实的记录，园子荒芜但并不衰败。

　　除去几座殿堂我无法进去，除去那座祭坛我不能上去而只能从各个角度张望它，地坛的每一棵树下我都去过，差不多它的每一米草地上都有过我的车轮印。无论是什么季节，什么天气，什么时间，我都在这园子里待过。有时候待一会儿就回家，有时候就待到满地上都亮起月光。记不清都是在它的哪些角落里了，我一连几小时专心致志地想关于死的事，也以同样的耐心和方式想过我为什么要出生。这样想了好几年，最后事情终于弄明白了：一个人，出生了，这就不再是一个可以辩论的问题，而只是上帝交给他的一个事实；上帝在交给我们这件事实的时候，已经顺便保证了它的结果，所以死是一件不必急于求成的事，死是一个必然会降临的节日。这样想过之后我安心多了，眼前的一切不再那么可怕。比如你起早熬夜准备考试的时候，忽然想起有一个长长的假期在前面等待你，你会不会觉得轻松一点？并且庆幸并且感激这样的安排？

　　剩下的就是怎样活的问题了。这却不是在某一个瞬间就能完全想透的，不是能够一次性解决的事，怕是活多久就要想它多久了，就像是伴你终生的魔鬼或恋人。所以，十五年了，我还是总得到那古园里去，去它的老树下或荒草边或颓墙旁，去默坐，去呆想，去推开耳边的嘈杂理一理纷乱的思绪，去窥看自己的心魂。十五年中，这古园的形体被不能理解它的人肆意雕琢，幸好有些东西是任谁也不能改变它的。譬如祭坛石门中的落日，寂静的光辉平铺的一刻，地上的每一个坎坷都被映照得灿烂；譬如在园中最为落寞的时间，一群雨燕便出来高歌，把天地都叫喊得苍凉；譬如冬天雪地上孩子的脚印，总让人猜想他们是谁，曾在哪儿做过些什么，然后又都到哪儿去了；譬如那些苍黑的古柏，你忧郁的时候它们镇静地站在那儿，你欣喜的时候它们依然镇静地站在那儿，它们没日没夜地站在那儿，从你没有出生一直站到这个世界上又没了你的时候；譬如暴雨骤临园中，激起一阵阵灼烈而清纯的草木和泥土的气味，让人想起无数个夏天的事件；譬如秋风忽至，再有一场早霜，落叶或飘摇歌舞或坦然安卧，满园中播散着熨帖而微苦的味道。味道是最说不清楚的，味道不能写只能闻，要你身临其境去闻才能明了。味道甚至是难于记忆的，只有你又闻到它你才能记起它的全部情感和意蕴。所以我常常要到那园子里去。

二

现在我才想到，当年我总是独自跑到地坛去，曾经给母亲出了一个怎样的难题。

她不是那种光会疼爱儿子而不懂得理解儿子的母亲。她知道我心里的苦闷，知道不该阻止我出去走走，知道我要是老待在家里结果会更糟，但她又担心我一个人在那荒僻的园子里整天都想些什么。我那时脾气坏到极点，经常是发了疯一样地离开家，从那园子里回来又中了魔似的什么话都不说。母亲知道有些事不宜问，便犹犹豫豫地想问而终于不敢问，因为她自己心里也没有答案。她料想我不会愿意她跟我一同去，所以她从未这样要求过，她知道得给我一点独处的时间，得有这样一段过程。她只是不知道这过程得要多久和这过程的尽头究竟是什么。每次我要动身时，她便无言地帮我准备，帮助我上了轮椅车，看着我摇车拐出小院；这以后她会怎样，当年我不曾想过。

有一回我摇车出了小院，想起一件什么事又返身回来，看见母亲仍站在原地，还是送我走时的姿势，望着我拐出小院去的那处墙角，对我的回来竟一时没有反应。待她再次送我出门的时候，她说："出去活动活动，去地坛看看书，我说这挺好。"许多年以后我才渐渐听出，母亲这话实际上是自我安慰，是暗自的祷告，是给我的提示，是恳求与嘱咐。只是在她猝然去世之后，我才有余暇设想。当我不在家里的那些漫长的时间，她是怎样心神不定坐卧难宁，兼着痛苦与惊恐与一个母亲最低限度的祈求。现在我可以断定，以她的聪慧和坚忍，在那些空落的白天后的黑夜，在那不眠的黑夜后的白天，她思来想去最后准是对自己说："反正我不能不让他出去，未来的日子是他自己的，如果他真的在那园子里出了什么事，这苦难也只好我来承担。"在那段日子里——那是好几年长的一段日子，我想我一定使母亲做过了最坏的准备了，但她从来没有对我说过："你为我想想。"事实上我也真的没为她想过。那时她的儿子还太年轻，还来不及为母亲想，他被命运击昏了头，一心以为自己是世上最不幸的一个，不知道儿子的不幸在母亲那儿总是要加倍的。她有一个长到二十岁上忽然截瘫了的儿子，这是她唯一的儿子；她情愿截瘫的是自己而不是儿子，可这事无法代替；她想，只要儿子能活下去哪怕自己去死呢也行，可她又确信一个人不能仅仅是活着，儿子得有一条路走向自己的幸福；而这条路呢，没有谁能保证她的儿子最终能找到——这样一个母亲，注定是活得最苦的母亲。

有一次与一个作家朋友聊天，我问他学写作的最初动机是什么？他想了一会儿说："为我母亲。为了让她骄傲。"我心里一惊，良久无言。回想自己最初写小说的动机，虽不似这位朋友的那般单纯，但如他一样的愿望我也有，且一经细想，发现这愿望也在全部动机中占了很大比重。这位朋友说："我的动机太低俗了吧？"我光是摇头，心想低俗并不见得低俗，只怕是这愿望过于天真了。他又说："我那时真就是想出名，出了名让别人羡慕我母亲。"我想，他比我坦率。我想，他又比我幸福，因为他的母亲还活着。而且我想，他的母亲也比我的母亲运气好，他的母亲没有一个双腿残废的儿子，否则事情就不这么简单。

在我的头一篇小说发表的时候，在我的小说第一次获奖的那些日子里，我真是多么希望我的母亲还活着。我便又不能在家里待了，又整天整天独自跑到地坛去，心里是没头没尾的沉郁和哀怨，走遍整个园子却怎么也想不通：母亲为什么就不能再多活两年？为什么在她儿子就快要碰撞开一条路的时候，她却忽然熬不住了？莫非她来此世上只是为了替儿子担忧，却不该分享我的一点点快乐？她匆匆离我去时才只有四十九岁呀！有那么一会儿，我甚至对世界对上帝充满了仇恨和厌恶。后来我在一篇题为《合欢树》的文章中写道："我坐在小公园安静的树林里，闭上眼睛，想，上帝为什么早早地召母亲回去呢？很久很久，迷迷糊糊的我听见了回答：'她心里太苦了，上帝看她受不住了，就召她回去。'我似乎得了一点安慰，睁开眼睛，看见风正从树林里穿过。"小公园，指的也是地坛。

只是到了这时候，纷纭的往事才在我眼前幻现得清晰，母亲的苦难与伟大才在我心中渗透得深彻。上帝的考虑，也许是对的。

摇着轮椅在园中慢慢走，又是雾罩的清晨，又是骄阳高悬的白昼，我只想着一件事：母亲已经不在了。在老柏树旁停下，在草地上在颓墙边停下，又是处处虫鸣的午后，又是鸟儿归巢的傍晚，我心里只默念着一句话：可是母亲已经不在了。把椅背放倒，躺下，似睡非睡挨到日没，坐起来，心神恍惚，呆呆地直坐到古祭坛上落满黑暗然后再渐渐浮起月光，心里才有点明白，母亲不能再来这园中找我了。

曾有过好多回，我在这园子里待得太久了，母亲就来找我。她来找我又不想让我发觉，只要见我还好好地在这园子里，她就悄悄转身回去，我看见过几次她的背影。我也看见过几回她四处张望的情景，她视力不好，端着眼镜像在寻找海上的一条船，她没看见我时我已经看见她了，待我看见她也看见我了我就不去看她，过一会儿我再抬头看她就又看见她缓缓离去的背影。我单是无法知道有多少回她没有找到我。有一回我坐在矮树丛中，树丛很密，我看见她没有找到我；她一个人在园子里走，走过我的身旁，走过我经常待的一些地方，步履茫然又急迫。我不知道她已经找了多久还要找多久，我不知道为什么我决意不喊她——但这绝不是小时候的捉迷藏，这也许是出于长大了的男孩子的倔强或羞涩？但这倔强只留给我痛悔，丝毫也没有骄傲。我真想告诫所有长大了的男孩子，千万不要跟母亲来这套倔强，羞涩就更不必，我已经懂了可我已经来不及了。

儿子想使母亲骄傲，这心情毕竟是太真实了，以致使"想出名"这一声名狼藉的念头也多少改变了一点形象。这是个复杂的问题，且不去管它了吧。随着小说获奖的激动逐日暗淡，我开始相信，至少有一点我是想错了：我用纸笔在报刊上碰撞开的一条路，并不就是母亲盼望我找到的那条路。年年月月我都到这园子里来，年年月月我都要想，母亲盼望我找到的那条路到底是什么。母亲生前没给我留下过什么隽永的哲言，或要我恪守的教诲，只是在她去世之后，她艰难的命运、坚忍的意志和毫不张扬的爱，随光阴流转，在我的印象中愈加鲜明深刻。

有一年，十月的风又翻动起安详的落叶，我在园中读书，听见两个散步的老人说："没想到这园子有这么大。"我放下书，想，这么大一座园子，要在其中找到她的儿子，母亲走过了多少焦灼的路。多年来我头一次意识到，这园中不单是处处都有过我的车辙，有过我的车辙的地方也都有过母亲的脚印。

三

如果以一天中的时间来对应四季，当然春天是早晨，夏天是中午，秋天是黄昏，冬天是夜晚。如果以乐器来对应四季，我想春天应该是小号，夏天是定音鼓，秋天是大提琴，冬天是圆号和长笛。要是以这园子里的声响来对应四季呢？那么，春天是祭坛上空飘浮着的鸽子的哨音，夏天是冗长的蝉歌和杨树叶子哗啦啦地对蝉歌的取笑，秋天是古殿檐头的风铃响，冬天是啄木鸟随意而空旷的啄木声。以园中的景物对应四季，春天是一径时而苍白时而黑润的小路，时而明朗时而阴晦的天上摇荡着串串杨花；夏天是一条条耀眼而灼人的石凳，或阴凉而爬满了青苔的石阶，阶下有果皮，阶上有半张被坐皱的报纸；秋天是一座青铜的大钟，在园子的西北角上曾丢弃着一座很大的铜钟，铜钟与这园子一般年纪，浑身挂满绿锈，文字已不清晰；冬天，是林中空地上几只羽毛蓬松的老麻雀。以心绪对应四季呢？春天是卧病的季节，否则人们不易发觉春天的残忍与渴望；夏天，情人们应该在这个季节里失恋，不然就似乎对不起爱情；秋天是从外面买一棵盆花回家的时候，把花搁在阔别了的家中，并且打开窗户把阳光也放进屋里，慢慢回忆慢慢整理一些发过霉的东西；冬天伴着火炉和书，一遍遍坚定不死的决心，写一些并不发出的信。还可以用艺术形式对应四季，这样春天就是一幅画，夏天是一部长篇小说，秋天是一首短歌或诗，冬天是一群雕塑。以梦呢？以梦对应四季呢？春天是树尖上的呼喊，夏天是呼喊中的细雨，秋天是细雨中的土地，冬天是干净的土地上的一只孤零的烟斗。

因为这园子，我常感恩于自己的命运。

我甚至现在就能清楚地看见，一旦有一天我不得不长久地离开它，我会怎样想念它，我会怎样想念它并且梦见它，我会怎样因为不敢想念它而梦也梦不到它。

四

现在让我想想，十五年中坚持到这园子来的人都是谁呢？好像只剩了我和一对老人。

十五年前，这对老人还只能算是中年夫妇，我则货真价实还是个青年。他们总是在薄暮时分来园中散步，我不大弄得清他们是从哪边的园门进来，一般来说他们是逆时针绕这园子走。男人个子很高，肩宽腿长，走起路来目不斜视，胯以上直至脖颈挺直不动，他的妻子攀了他一条胳膊走，也不能使他的上身稍有松懈。女人个子却矮，也不算漂亮，我无端地相信她必出身于家道中衰的名门富族；她攀在丈夫胳膊上像个娇弱的孩子，她向四周观望似总含着恐惧，她轻声与丈夫谈话，见有人走近就立刻怯怯地收住话头。我有时因为他们而想起冉阿让与柯赛特，但这想法并不巩固，他们一望即知是老夫老妻。两个人的穿着都算得上考究，但由于时代的演进，他们的服饰又可以称为古朴了。他们和我一样，到这园子里来几乎是风雨无阻，不过他们比我守时。我什么时间都可能来，他们则一定是在暮色初临的时候。刮风时他们穿了米色风衣，下雨时他们打了黑色的雨伞，夏天他们的衬衫是白色的裤子是黑色的或米色的，冬天他们的呢子大衣又都是黑色的，想必他们只喜欢这三种颜色。他们逆时针绕这园子一周，然后离去。他们走过我身旁时只有男人的脚步响，女人像是贴在高大的丈夫身上跟着飘移。我相信他们一定对我有印象，但是我们没有说过话，我们互相都没有想要接近的表示。十五年中，他们或许注意到一个小伙子进入了中年，我则看着一对令人羡慕的中年情侣不觉中成了两个老人。

曾有过一个热爱唱歌的小伙子，他也是每天都到这园中来，来唱歌，唱了好多年，后来不见了。他的年纪与我相仿，他多半是早晨来，唱半小时或整整唱一个上午，估计在另外的时间里他还得上班。我们经常在祭坛东侧的小路上相遇，我知道他是到东南角的高墙下去唱歌，他一定猜想我去东北角的树林里做什么。我找到我的地方，抽几口烟，便听见他谨慎地整理歌喉了。他反反复复唱那么几首歌。"文化大革命"没过去的时候，他唱"蓝蓝的天上白云飘，白云下面马儿跑……"我老也记不住这歌的名字。"文革"后，他唱《货郎与小姐》中那首最为流传的咏叹调。"卖布——卖布嘞，卖布——卖布嘞！"我记得这开头的一句他唱得很有声势，在早晨清澈的空气中，货郎跑遍园中的每一个角落去恭维小姐。"我交了好运气，我交了好运气，我为幸福唱歌曲……"然后他就一遍一遍地唱，不让货郎的激情稍减。依我听来，他的技术不算精到，在关键的地方常出差错，但他的嗓子是相当不坏的，而且唱一个上午也听不出一点疲惫。太阳也不疲惫，把大树的影子缩小成一团，把疏忽大意的蚯蚓晒干在小路上。将近中午，我们又在祭坛东侧相遇，他看一看我，我看一看他，他往北去，我往南去。日子久了，我感到我们都有结识的愿望，但似乎都不知如何开口，于是互相注视一下终又都移开目光擦身而过；这样的次数一多，便更不知如何开口了。终于有一天——一个丝毫没有特点的日子，我们互相点了一下头，他说："你好。"我说："你好。"他说："回去啦？"我说："是，你呢？"他说："我也该回去了。"我们都放慢脚步（其实我是放慢车速），想再多说几句，但仍然是不知从何说起，这样我们就都走过了对方，又都扭转身子面向对方。他说："那就再见吧。"我说："好，再见。"便互相笑笑各走各的路了。但是我们没有再见，那以后，园中再没了他的歌声，我才想到，那天他或许是有意与我道别的，也许他考上了哪家专业的文工团或歌舞团了吧？真希望他如他歌里所唱的那样，交了好运气。

还有一些人，我还能想起一些常到这园子里来的人。有一个老头，算得一个真正的饮者；他在腰间挂一个扁瓷瓶，瓶里当然装满了酒，常来这园中消磨午后的时光。他在园中四处游逛，如果你不注意你会以为园中有好几个这样的老头，等你看过了他卓尔不群的饮酒情状，你就会相信这是个独一无二的老头。他的衣着过分随便，走路的姿态也不慎重，走上五六十米路便选定一处地方，一只脚踏在石凳上或土埂上或树墩上，解下腰间的酒瓶，解酒瓶的当儿眯起眼睛把一百八十度视角内的景物细细看一遭，然后以迅雷不及掩耳之势倒一大口酒入肚，把酒瓶摇一摇再挂向腰间，平心静气地想一会儿什么，便走下一个五六十米去。还有一个捕鸟的汉子，那岁月园中人少，鸟却多，他在西北角的树丛中拉一张网，鸟撞在上面，羽毛绞在网眼里便不能自拔。他单等一种过去很多而现在非常罕见的鸟，其他的鸟撞在网上他就把它们摘下来放掉，他说已经有好多年没等到那种罕见的鸟了，他说他再等一年看看到底还有没有那种鸟，结果他又等了好多年。早晨和傍晚，在这园子里可以看见一个中年女工程师，早晨她从北向南穿过这园子去上班，傍晚她从南向北穿过这园子回家，事实上我并不了解她的职业或者学历，但我以为她必是学理工的知识分子，别样的人很难有她那般的素朴并优雅。当她在园子穿行的时刻，四周的树林也仿佛更加幽静，清淡的日光中竟似有悠远的琴声，比如说是那曲《献给艾丽丝》才好。我没有见过她的丈夫，没有见过那个幸运的男人是什么样子，我想象过却想象不出，后来忽然懂了想象不出才好，那个男人最好不要出现。她走出北门回家去，我竟有点担心，担心她会落入厨房，不过，也许她在厨房里劳作的情景更有另外的美吧，当然不能再是《献给艾丽丝》，是个什么曲子呢？还有一个人，是我的朋友，他是个最有天赋的长跑家，但他被埋没了。他因为在"文革"中出言不慎而坐了几年牢，出来后好不容易找了个拉板车的工作，样样待遇都不能与别人平等，苦闷极了便练习长跑。那时他总来这园子里跑，我用手表为他计时，他每跑一圈向我招一下手，我就记下一个时间。每次他要环绕这园子跑二十圈，大约两万米。他盼望以他的长跑成绩来获得政治上真正的解放，他以为记者的镜头和文字可以帮他做到这一点。第一年他在春节环城赛上跑了第十五名，他看见前十名的照片都挂在了长安街的新闻橱窗里，于是有了信心。第二年他跑了第四名，可是新闻橱窗里只挂了前三名的照片，他没灰心。第三年他跑了第七名，橱窗里挂前六名的照片，他有点怨自己。第四年他跑了第三名，橱窗里却只挂了第一名的照片。第五年他跑了第一名——他几乎绝望了，橱窗里只有一幅环城赛群众场面的照片。那些年我们俩常一起在这园子里待到天黑，开怀痛骂，骂完沉默着回家，分手时再互相叮嘱："先别去死，再试着活一活看。"现在他已经不跑了，年岁太大了，跑不了那么快了。最后一次参加环城赛，他以三十八岁之龄又得了第一名并破了纪录，有一位专业队的教练对他说："我要是十年前发现你就好了。"他苦笑一下什么也没说，只在傍晚又来这园中找到我，把这事平静地向我叙说一遍。不见他已有好几年了，现在他和妻子和儿子住在很远的地方。

这些人现在都不到园子里来了，园子里差不多完全换了一批新人。十五年前的旧人，现在就剩我和那对老夫老妻了。有那么一段时间，这老夫老妻中的一个也忽然不来，薄暮时分唯男人独自来散步，步态也明显迟缓了许多，我悬心了很久，怕是那女人出了什么事。幸好过了一个冬天那女人又来了，两个人仍是逆时针绕着园子走，一长一短两个身影恰似钟表的两支指针；女人的头发白了许多，但依旧攀着丈夫的胳膊走得像个孩子。"攀"这个字用得不恰当了，或许可以用"搀"吧，不知有没有兼具这两个意思的字。

五

　　我也没有忘记一个孩子——一个漂亮而不幸的小姑娘。十五年前的那个下午，我第一次到这园子里来就看见了她，那时她大约三岁，蹲在斋宫西边的小路上捡树上掉落的"小灯笼"。那儿有几棵大栾树，春天开一簇簇细小而稠密的黄花，花落了便结出无数如同三片叶子合抱的小灯笼，小灯笼先是绿色，继而转白，再变黄，成熟了掉落得满地都是。小灯笼精巧得令人爱惜，成年人也不免捡了一个还要捡一个。小姑娘咿咿呀呀地跟自己说着话，一边捡小灯笼；她的嗓音很好，不是她那个年龄所常有的那般尖细，而是很圆润甚或是厚重，也许是因为那个下午园子里太安静了。我奇怪这么小的孩子怎么一个人跑来这园子里？我问她住在哪儿？她随指一下，就喊她的哥哥，沿墙根一带的茂草之中便站起一个七八岁的男孩，朝我望望，看我不像坏人便对他的妹妹说："我在这儿呢！"又伏下身去，他在捉什么虫子。他捉到螳螂、蚂蚱、知了和蜻蜓，来取悦他的妹妹。有那么两三年，我经常在那几棵大栾树下见到他们，兄妹俩总是在一起玩，玩得和睦融洽，都渐渐长大了一些。之后有很多年没见到他们。我想他们都在学校里吧，小姑娘也到了上学的年龄，必是告别了孩提时光，没有很多机会来这儿玩了。这事很正常，没理由太搁在心上，若不是有一年我又在园中见到他们，肯定就会慢慢把他们忘记。

　　那是个礼拜日的上午。那是个晴朗而令人心碎的上午，时隔多年，我竟发现那个漂亮的小姑娘原来是个弱智的孩子。我摇着

车到那几棵大栾树下去，恰又是遍地落满了小灯笼的季节；当时
我正为一篇小说的结尾所苦，既不知为什么要给它那样一个结
尾，又不知何以忽然不想让它有那样一个结尾，于是从家里跑出
来，想依靠着园中的镇静，看看是否应该把那篇小说放弃。我刚
刚把车停下，就见前面不远处有几个人在戏耍一个少女，做出怪
样子来吓她，又喊又笑地追逐她拦截她，少女在几棵大树间惊惶
地东跑西躲，却不松手揪卷在怀里的裙裾，两条腿袒露着也似毫
无察觉。我看出少女的智力是有些缺陷，却还没看出她是谁。我
正要驱车上前为少女解围，就见远处飞快地骑车来了个小伙子，
于是那几个戏耍少女的家伙望风而逃。小伙子把自行车支在少女
近旁，怒目望着那几个四散逃窜的家伙，一声不吭喘着粗气，脸
色如暴雨前的天空一样一会儿比一会儿苍白。这时我认出了他
们，小伙子和少女就是当年那对小兄妹。我几乎是在心里惊叫了
一声，或者是哀号。世上的事常常使上帝的居心变得可疑。小伙
子向他的妹妹走去。少女松开了手，裙裾随之垂落了下来，很多
很多她捡的小灯笼便撒落了一地，铺散在她脚下。她仍然算得上
漂亮，但双眸迟滞没有光彩。她呆呆地望着那群跑散的家伙，望
着极目之处的空寂，凭她的智力绝不可能把这个世界想明白吧？
大树下，破碎的阳光星星点点，风把遍地的小灯笼吹得滚动，仿
佛暗哑地响着无数小铃铛。哥哥把妹妹扶上自行车后座，带着她
无言地回家去了。

　　无言是对的。要是上帝把漂亮和弱智这两样东西都给了这个
小姑娘，就只有无言和回家去是对的。

谁又能把这世界想个明白呢？世上的很多事是不堪说的。你可以抱怨上帝何以要降诸多苦难给这人间，你也可以为消灭种种苦难而奋斗，并为此享有崇高与骄傲，但只要你再多想一步你就会坠入深深的迷茫了：假如世界上没有了苦难，世界还能够存在吗？要是没有愚钝，机智还有什么光荣呢？要是没了丑陋，漂亮又怎么维系自己的幸运？要是没有了恶劣和卑下，善良与高尚又将如何界定自己又如何成为美德呢？要是没有了残疾，健全会否因其司空见惯而变得腻烦和乏味呢？我常梦想着在人间彻底消灭残疾，但可以相信，那时将由患病者代替残疾人去承担同样的苦难。如果能够把疾病也全数消灭，那么这份苦难又将由（比如说）相貌丑陋的人去承担了。就算我们连丑陋、连愚昧和卑鄙和一切我们所不喜欢的事物和行为也都可以统统消灭掉，所有的人都一样健康、漂亮、聪慧、高尚，结果会怎样呢？怕是人间的剧目就全要收场了，一个失去差别的世界将是一潭死水，是一块没有感觉没有肥力的沙漠。

看来差别永远是要有的。看来就只好接受苦难——人类的全部剧目需要它，存在的本身需要它。看来上帝又一次对了。

于是就有一个最令人绝望的结论等在这里：由谁去充任那些苦难的角色？又由谁去体现这世间的幸福、骄傲和快乐？只好听凭偶然，是没有道理好讲的。

就命运而言，休论公道。

那么，一切不幸命运的救赎之路在哪里呢？

设若智慧或悟性可以引领我们去找到救赎之路，难道所有的人都能够获得这样的智慧和悟性吗？

我常以为是丑女造就了美人。我常以为是愚氓举出了智者。我常以为是懦夫衬照了英雄。我常以为是众生度化了佛祖。

六

设若有一位园神，他一定早已注意到了，这么多年我在这园里坐着，有时候是轻松快乐的，有时候是沉郁苦闷的，有时候优哉游哉，有时候恓惶落寞，有时候平静而且自信，有时候又软弱，又迷茫。其实总共只有三个问题交替着来骚扰我，来陪伴我。第一个是要不要去死，第二个是为什么活，第三个，我干吗要写作。

现在让我看看，它们迄今都是怎样编织在一起的吧。

你说，你看穿了死是一件无须乎着急去做的事，是一件无论怎样耽搁也不会错过的事，便决定活下去试试？是的，至少这是很关键的因素。为什么要活下去试试呢？好像仅仅是因为不甘心，机会难得，不试白不试，腿反正是完了，一切仿佛都要完了，但死神很守信用，试一试不会额外再有什么损失。说不定倒有额外的好处呢是不是？我说过，这一来我轻松多了，自由多了。为什么要写作呢？作家是两个被人看重的字，这谁都知道。为了让那个躲在园子深处坐轮椅的人，有朝一日在别人眼里也稍微有点光彩，在众人眼里也能有个位置，哪怕那时再去死呢也就多少说得过去了。开始的时候就是这样想，这不用保密，这些现在不用保密了。

我带着本子和笔，到园中找一个最不为人打扰的角落，偷偷地写。那个爱唱歌的小伙子在不远的地方一直唱。要是有人走过来，我就把本子合上把笔叼在嘴里。我怕写不成反落得尴尬。我很要面子。可是你写成了，而且发表了。人家说我写得还不坏，他们甚至说：真没想到你写得这么好。我心说你们没想到的事还多着呢。我确实有整整一宿高兴得没合眼。我很想让那个唱歌的小伙子知道，因为他的歌也毕竟是唱得不错。我告诉我的长跑家朋友的时候，那个中年女工程师正优雅地在园中穿行；长跑家很激动，他说好吧，我玩命跑，你玩命写。这一来你中了魔了，整天都在想哪一件事可以写，哪一个人可以让你写成小说。是中了魔了，我走到哪儿想到哪儿，在人山人海里只寻找小说。要是有一种小说试剂就好了，见人就滴两滴看他是不是一篇小说；要是有一种小说显影液就好了，把它泼满全世界看看都是哪儿有小说。中了魔了，那时我完全是为了写作活着。结果你又发表了几篇，并且出了一点小名，可这时你越来越感到恐慌。我忽然觉得自己活得像个人质，刚刚有点像个人了却又过了头，像个人质，被一个什么阴谋抓了来当人质，不定哪天被处决，不定哪天就完蛋。你担心要不了多久你就会文思枯竭，那样你就又完了。凭什么我总能写出小说来呢？凭什么那些适合做小说的生活素材就总能送到一个截瘫者跟前来呢？人家满世界跑都有枯竭的危险，而我坐在这园子里凭什么可以一篇接一篇地写呢？你又想到死了。我想见好就收吧。当一名人质实在是太累了太紧张了，太朝不保夕了。我为写作而活下来，要是写作到底不是我应该干的事，我想我再活下去是不是太冒傻气了？你这么想着你却还在绞尽脑汁地想写。我好歹又拧出点水来，从一条快要晒干的毛巾上。恐慌日甚一日，随时可能完蛋的感觉比完蛋本身可怕多了，所谓不怕贼偷就怕贼惦记，我想人不如死了好，不如不出生的好，不如压根儿没有这个世界的好。可你并没有去死。我又想到那是一件不必着急的事。可是不必着急的事并不证明是一件必要拖延的事呀？你总是决定活下来，这说明什么？是的，我还是想活。人为什么活着？因为人想活着，说到底是这么回事，人真正的名字叫作：欲望。可我不怕死，有时候我真的不怕死。有时候——说对了。不怕死和想去死是两回事，有时候不怕死的人是有的，一生下来就不怕死的人是没有的。我有时候倒是怕活。可是怕活不等于不想活呀！可我为什么还想活呢？因为你还想得到点什么，你觉得你还是可以得到点什么的，比如说爱情，比如说价值感之类，人真正的名字叫欲望。这不对吗？我不该得到点什么吗？没说不该。可我为什么活得恐慌，就像个人质？后来你明白了，你明白你错了，活着不是为了写作，而写作是为了活着。你明白了这一点是在一个挺滑稽的时刻。那天你又说你不如死了好，你的一个朋友劝你：你不能死，你还得写呢，还有好多好作品等着你去写呢。这时候你忽然明白了，你说："只是因为我活着，我才不得不写作。"或者说只是因为你还想活下去，你才不得不写作。是的，这样说过之后我竟然不那么恐慌了。就像你看穿了死之后所得的那份轻松？一个人质报复一场阴谋的最有效的办法是把自己杀死。我看出我得先把我杀死在市场上，那样我就不用参加抢购题材的风潮了。你还写吗？还写。你真的不得不写吗？人都忍不住要为生存找一些牢靠的理由。你不担心你会枯竭了？我不知道，不过我想，活着的问题在死前是完不了的。

这下好了，你不再恐慌了不再是个人质了，你自由了。算了吧你，我怎么可能自由呢？别忘了人真正的名字是：欲望。所以你得知道，消灭恐慌的最有效的办法就是消灭欲望。可是我还知道，消灭人性的最有效的办法也是消灭欲望。那么，是消灭欲望同时也消灭恐慌呢？还是保留欲望同时也保留人生？

我在这园子里坐着，我听见园神告诉我：每一个有激情的演员都难免是一个人质。每一个懂得欣赏的观众都巧妙地粉碎了一场阴谋。每一个乏味的演员都是因为他老以为这戏剧与自己无关。每一个倒霉的观众都是因为他总是坐得离舞台太近了。

我在这园子里坐着，园神成年累月地对我说："孩子，这不是别的，这是你的罪孽和福祉。"

七

要是有些事我没说，地坛，你别以为是我忘了，我什么也没忘，但是有些事只适合收藏。不能说，也不能想，却又不能忘。它们不能变成语言，它们无法变成语言，一旦变成语言就不再是它们了。它们是一片朦胧的温馨与寂寥，是一片成熟的希望与绝望，它们的领地只有两处：心与坟墓。比如说邮票，有些是用于寄信的，有些仅仅是为了收藏。

如今我摇着车在这园子里慢慢走，常常有一种感觉，觉得我一个人跑出来已经玩得太久了。有一天我整理我的旧相册，一张十几年前我在这园子里照的照片——那个年轻人坐在轮椅上，背后是一棵老柏树，再远处就是那座古祭坛。我便到园子里去找那棵树。我按着照片上的背景找很快就找到了它，按着照片上它枝干的形状找，肯定那就是它。但是它已经死了，而且在它身上缠绕着一条碗口粗的藤萝。我当然记得园工们种那藤萝时的情景，我却不记得是在什么时候它已经长到了碗口粗。有一天我在这园子里碰见一个老太太，她说："哟，你还在这儿哪？"她问我："你母亲还好吗？""您是谁？""你不记得我，我可记得你。有一回你母亲来这儿找你，她问我您看没看见一个摇轮椅的孩子？……"我忽然觉得，我一个人跑到这世界上来玩真是玩得太久了。有一天夜晚，我独自坐在祭坛边的路灯下看书，忽然从那漆黑的祭坛里传出一阵阵唢呐声。四周都是参天古树，方形的祭坛占地几百平方米空旷坦荡独对苍天，我看不见那个吹唢呐的人，唯唢呐声在星光寥寥的夜空里低吟高唱，时而悲怆时而欢快，时而缠绵时而苍凉，或许这几个词都不足以形容它，我清清醒醒地听出它响在过去，响在现在，响在未来，回旋飘转亘古不散。

必有一天，我会听见喊我回去。

那时您可以想象一个孩子，他玩累了可他还没玩够呢，心里好些新奇的念头甚至等不及到明天。也可以想象是一个老人，无可置疑地走向他的安息地，走得任劳任怨。还可以想象一对热恋中的情人，互相一次次说"我一刻也不想离开你"，又互相一次次说"时间已经不早了"，时间不早了可我一刻也不想离开你，一刻也不想离开你可时间毕竟是不早了。

我说不好我想不想回去。我说不好是想还是不想，还是无所谓。我说不好我是像那个孩子，还是像那个老人，还是像一个热恋中的情人。很可能是这样：我同时是他们三个。我来的时候是个孩子，他有那么多孩子气的念头所以才哭着喊着闹着要来，他一来一见到这个世界便立刻成了不要命的情人，而对一个情人来说，不管多么漫长的时光也是稍纵即逝，那时他便明白，每一步每一步，其实一步步都是走在回去的路上。当牵牛花初开的时节，葬礼的号角就已吹响。

但是太阳，它每时每刻都是夕阳也都是旭日。当它熄灭着走下山去收尽苍凉残照之际，正是它在另一面燃烧着爬上山巅布散烈烈朝晖之时。那一天，我也将沉静着走下山去，扶着我的拐杖。有一天，在某一处山洼里，势必会跑上来一个欢蹦的孩子，抱着他的玩具。

当然，那不是我。

但是，那不是我吗？

宇宙以其不息的欲望将一个歌舞炼为永恒。这欲望有怎样一个人间的姓名，大可忽略不计。

© 中南博集天卷文化传媒有限公司。本书版权受法律保护。未经权利人许可，任何人不得以任何方式使用本书包括正文、插图、封面、版式等任何部分内容，违者将受到法律制裁。

图书在版编目（CIP）数据

总有路在等你 / 史铁生等著 . —— 长沙：湖南文艺出版社，2024.6
ISBN 978-7-5726-1840-6

Ⅰ.①总… Ⅱ.①史… Ⅲ.①散文集—中国—当代
Ⅳ.① I267

中国国家版本馆 CIP 数据核字（2024）第 088349 号

上架建议：畅销·文学

ZONG YOU LU ZAI DENG NI
总有路在等你

著　　者：史铁生 等
出 版 人：陈新文
责任编辑：张子霏
监　　制：毛闽峰
策划编辑：史义伟
特约编辑：高晓菲
营销编辑：刘珣 焦亚楠
装帧设计：棱角视觉 ANGULAR VISION
出　　版：湖南文艺出版社
　　　　　（长沙市雨花区东二环一段 508 号　邮编：410014）
网　　址：www.hnwy.net
印　　刷：北京中科印刷有限公司
经　　销：新华书店
开　　本：875 mm × 1230 mm　1/32
字　　数：166 千字
印　　张：8
版　　次：2024 年 6 月第 1 版
印　　次：2024 年 6 月第 1 次印刷
书　　号：ISBN 978-7-5726-1840-6
定　　价：49.80 元

若有质量问题，请致电质量监督电话：010-59096394
团购电话：010-59320018